KB157807

한국 희곡 명작선 56

색소폰과 아코디언

한국 희곡 명작선 56

색소폰과 아코디언

윤한수

평민사

윤한수

색소폰과 아코디언

등장인물

영수 - 색소폰 연주자
금희 - 영수의 죽은 부인 (환영)
광호 - 영수의 아들 (검사)
선영 - 광호의 처
현우 - 아들. (중학생)
철민 - 영수의 친우 (아코디언 연주자)
순덕 - 가정부
여자 - 이동식 노래방

무대

어느 아파트 거실. 호화롭게 보이는 거실이다. 좌측에 출입문. 우측 후면 벽 쪽에는 부엌과 내실로 들어가는 문. 그 문 옆에 인터폰이 있다. 그리고 우측 벽에는 진열장이 길게 놓여 있다. 그 진열장 위에는 꽃이 아름답게 핀 화분과 도자기, 그리고 텔레비전이 들이 놓여 있다. 무대중앙쯤에는 고풍스런 소파와 탁자가 자리를 잡고 있다.

제1장. 거실. 어느 날 오후

어둠 속에서. 감미롭게 들려오는 색소폰 소리. '매기의 추억'의 멜로디다. 그 색소폰 소리와 함께 서서히 무대 밝아지면…… 중학생인 현우(16세쯤)가 색소폰을 불고 있다. 얼마나 닦았는지 황금빛이 붉은빛으로 변해버린 낡은 색소폰이다. 현우는 마치 일류 색소폰 연주자마냥 갖은 폼을 잡아가며 '매기의 추억'을 부르고 있다. 그러나 어느 부분이 마음에 흡족하지 않은 듯 불기를 멈춘다. 그 부분만 다시 부른다. 다시 멈춘다. 마침내 손을 흔들며 그 부분만 높낮음을 조절하며 흥얼거리며 노래를 부른다. ─이때, 초인종 소리─현우, 초인종 소리를 듣지 못한다. 음정을 잡는 데만 정신이 팔려 있다. 다시 초인종 소리─현우, 문득, 동작을 멈추고 의아해하며 문쪽을 바라본다. 다시 초인종 소리 ─ 신경질적으로 두세 번─. 현우, 황급히 벽 쪽으로 가 인터폰을 든다.

현우   누구세요?

소리   (쏘아붙이듯) 엄마야!

현우   이크! (당황한다)

현우, 급히 인터폰 수화기를 내려놓고는 헐레벌떡 뛰어와 허겁지겁 색소폰을 케이스에 넣는다. 그러나 급한 마음에서 색소폰을 얼른 챙기지 못한다. 겨우 챙긴 색소폰을 급히 감출 곳을 찾는다. 문득,

생각난 듯 진열장 쪽으로 뛰어간다. 진열장 밑을 열고 그 안에 색소폰을 쑤셔 넣는다. 다시 초인종 소리 — 신경질적으로 여러 번 —.

현우   (색소폰을 진열장에 쑤셔 넣으며 소리친다) 나가요! 나가!

현우, 겨우 색소폰을 진열장에 쑤셔 넣고는 문을 향해 뛰어가 문을 열어준다. 문이 열리자 세련미가 풍긴 선영(38세쯤)과 영수(70세쯤)가 들어온다. 선영은 현우의 어머니이고, 영수는 현우의 할아버지다. 영수의 얼굴에는 약간의 병색이 있어 보인다. 그러나 그의 모습에는 아직도 젊었을 때 악사의 멋이 배어 있는 듯하다.

선영   (들어서며 현우에게 쏘아붙인다) 얼른 문을 열지 않고 뭘 해!
현우   (얼버무리며) 급, 급히 뛰어왔는데…….
선영   그토록 벨을 눌렀는데 뭘 하고 있었든 게야?
현우   (얼른) 응, 뭐, 뭐 좀 하고 있었어.
선영   (웃옷을 벗으며) 집에 별일 없었어?
현우   없었어.
선영   순덕인?
현우   슈퍼에…….
선영   아빠한텐 전화 없었고?
현우   응, 없었어.
선영   너, 할아버지한테 인사도 않는 거냐? 할아버지께서 병원에 다녀오셨는데도.

8

현우　엄마가 말씀드릴 틈도 주잖고선. (얼른) 할아버지, 다녀오
　　　셨어요?

영수　(웃으며) 오냐…….

현우　(얼른) 의사가 뭐래요? 괜찮다고 하죠?

영수　(웃으며) 그래, 괜찮다고 하더라.

현우　그럴 줄 알았어요. 이 손자가 얼마나 기도를 했다고요.

영수　(역시 웃으며) 네가……?

현우　그럼요. 우리 할아버지, 부디 무병장수하게 해달라고요.

영수　그래……? (웃으며 소파에 앉는다)

선영　할아버지께선 앞으론 색소폰을 부시면 안 된다고 하셨
　　　어, 의사가.

현우　색, 색소폰을요? 왜요?

선영　색소폰을 더 부시면 큰 병을 얻으신댔어. (하며 옷을 걸려고
　　　색소폰을 숨겨둔 진열장 쪽에 있는 옷걸이 쪽으로 간다)

현우　(얼른 자연스럽게 진열장 앞을 막으며) 큰, 큰 병을요?

선영　(옷걸이에 옷을 걸고는 돌아서서 현우를 쏘아보며) 너도 할아버지
　　　께서 큰 병을 얻으시길 바라진 않겠지?

현우　엄만, 세상에 자기 할아버지가 큰 병을 얻길 바라는 손
　　　자가 어디 있어?

선영　그러니까 앞으론 할아버지한테 색소폰 가르쳐 달라고
　　　졸라 대지 말라는 거야.

현우　(마음을 감추며) 엄만, 내가 색소폰과 담을 쌓은 지가 언젠
　　　데 그래. 엄마도 그러길 바라잖아?

선영	그거야 당연하지.
현우	어련하시려고. 우리 엄만 오직 공부, 공부, 공부밖에 모르신 분이시니깐.
선영	그럼, 배우는 학생이 공부 말고 뭐가 더 필요한 게야?
현우	학생도 사람이라고. 때론 휴식도 필요하고 음악도 영화도…….
선영	잔말 말고 어서 학원갈 준비나 해. (시계를 본다) 네 시야!
현우	(약간 당황하며) 오, 오늘은 좀 늦게 가도 돼.
선영	왜?
현우	(감추듯) 오, 오늘은 시, 시간이 좀 바뀌었어.
선영	엄만, 연락 못 받았는데?
현우	오, 오늘만 그래…….
선영	(현우의 얼굴을 빤히 바라보며) 너 또 엄마 속이는 것 아니지?
현우	(퉁명스럽게) 엄만, 아들 말을 그리도 못 믿어?
선영	믿을 짓을 한번이라도 했어야 믿지.
현우	체! (얼른 쫓아버리려는 듯) 밥이나 줘. 배고파 죽겠어.
선영	내가 병원에 갈 때 밥 줬잖아?
현우	벌써 세 시간도 지났는걸.
영수	(웃으며) 어서 줘라. 한참 먹을 때가 아니냐.
선영	원, 뱃속에 거지를 키운 게로구나. (안으로 들어간다)
현우	(선영이가 들어가는 것을 확인하고 나오며) 아휴, 가슴아! (주먹으로 자기 가슴을 두어 번 친다)
영수	(의아해서) 왜? 어디 아프냐?

현우	할아버지, 쉬잇! (자기 손가락으로 자기 입을 막는다)
영수	······?
현우	(빙그레 웃으며 진열장에 숨겨둔 색소폰을 꺼내든다)
영수	(그것을 보고 깜짝 놀란다) 너, 또······.
현우	쉬잇! (다시 손가락으로 자기 입을 막는다)
영수	(겁에 질려서) 이놈아, 니, 엄마가 알면······.
현우	(빙그레 웃으며 우리 할아버지가 최고라고 엄지손가락을 세운다)
영수	(소리를 죽여서) 이놈아, 얼른 갖다 둬!
현우	(와서 영수의 이마에 키스를 한다)
영수	(불안해하며) 이놈아! 어서 갖다 둬!

현우, 색소폰을 안고 도둑고양이처럼 살금살금 안으로 들어간다.
영수, 불안감을 감추지 못하고 들어가는 현우를 지켜본다.

선영	(이때 안에서 나오며) 너 빵을······ (하다가 현우가 색소폰을 안고 있는 것을 보자 말을 잇지 못하고 순간, 어안이 벙벙해서) 너······ 너······.

현우, 선영에게 들키자 본능적으로 얼른 색소폰을 등 뒤로 감춘다.
그 광경을 본 영수, 금방 얼굴빛이 하얗게 변한다.

선영	(어안이 벙벙해서) 너, 너, 그게 뭐야?
현우	(여전히 감추며) 아, 아니야······ 아, 아무것도······.

선영 (버럭) 등 뒤에 감춘 게 뭐냐고?

현우 (색소폰을 자꾸만 등 뒤로 감추며) 아, 아무것도, 아, 아니래두…….

선영 내가 몰라서 묻는 줄 알아!

현우 (선영에게 압도당한 듯 멋쩍게 눈만 깜박 깜박거린다)

선영 (현우의 뒤로 가서 난폭하게 색소폰을 빼앗는다)

현우 …….

선영 (현우 앞에서 색소폰을 거칠게 흔들며) 이게 아무것도 아니야! 이게! (하며 색소폰을 바닥에 내동댕이친다. 그 바람에 색소폰이 케이스에서 튕겨져 나와 바닥에 나동그라진다)

영수, 색소폰이 바닥에 내동댕이쳐지자, 순간 놀란다. 심장이 멈춘 듯 가슴을 움켜쥔다. 그러나 애써 아픔을 참아내려고 한다. 현우, 눈만 깜박거리고 있을 뿐.

선영 (현우를 쏘아보며) 뭐라고? 색소폰과 담을 쌓았다고?

현우 …….

선영 너, 엄마와 약속을 했어, 안 했어?

현우 …….

선영 말해! 약속했어, 안 했어?

현우 해, 했어…….

선영 뭐라고?

현우 …….

선영	뭐라고 약속했냐고? 뭐라고?
현우	다, 다신, 색, 색소폰을 만지지도…….
선영	그리고?
현우	부, 불지도 않기로…….
선영	그런데 왜 약속을 어긴 거야? 왜?
현우	그냥, 시간이 좀 남아서…….
선영	(어이가 없다) 뭐라고? 시, 시간이 좀 남아서?

영수, 묵묵히 일어나 바닥에 내동댕이쳐진 색소폰을 주어 케이스에 넣는다. 그리고는 색소폰을 품안에 안고 안으로 들어간다. 그 모습이 측은해 보인다.

선영	(어이가 없다) 허! 시간이 남아서 색소폰을 부셨다? 시간이 남아서…….
현우	그래! 숙제도 다했고, 예습복습도 끝냈고, 학원 갈 시간도 남아서…….
선영	(버럭) 네가 지금 초등학생인 줄 알아? 시간을 쪼개고 쪼개도 시간이 부족할 중3이란 걸 몰라? 중3이란 걸!
현우	(반항적으로) 그래서 머리가 쪼개지도록 열심히 공부를 했다고!
선영	(비아냥거리듯) 오호, 그래? 머리가 쪼개지도록 열심히 공부를 하셨다? 그런 사람이 반에서 중간치도 못 가시는군! 남들은 반에서 일등, 전교에서 일등 한다고 자랑 자

랑하는 판에…….

현우   엄만, 왜 툭하면 남들 얘길 꺼내 아들 자존심을 꺾는 거야?

선영   자존심? 자존심이 있는 놈이 남들에게서 이기려는 자존심은 없는 거야? 남들은 과학고를 가니, 외고를 가니, 특목고를 가니 하며, 밤샘하며 책과 씨름을 하고 있는데, 그런데, 네놈은 뭐야? 틈만 있음 색소폰과 씨름만 하고 있는 놈이 그래도 자존심을 찾아?

현우   (퉁명스럽게) 남은 남이고 나는 나라고요!

선영   그래서, 네놈은 색소폰만 끼고 있겠다. 공부는 뒷전이고?

현우   공부만이 최고가 아니라고요!

선영   그럼 뭐가 최고야?

현우   ……. (대답 대신 외면하며 허공을 쳐다본다)

선영   말해봐? 배우는 학생이 공부 말고 뭐가 최고냐고?

현우   (반항적으로) 뭐든 최고면 되잖아! 뭐든!

선영   뭐든……? …… 너, 아직도 그 거지같은 꿈을 가슴속에 품고 있는 거야? 언젠가 네놈이 이 엄마한테 말한 그 거지같은 꿈? 음악가가 되겠다는 꿈을? 그것도 색소폰 연주자가 되겠다는 꿈을? 그런 것이야?

현우   색소폰 연주자 어때서 엄만 자꾸 그래?

선영   허! 이젠 노골적으로 이 엄마한테 선언하시는군! 난, 색소폰 연주자가 되겠노라고! 난, 딴따라가 되겠노라고!

현우   엄만, 텔레비전에서도 못 봤어? 색소폰 연주하며 세계일

주한 음악가들을?

선영 그래서, 네놈도 색소폰 불며 세계일주하시겠다……?

현우 (허공을 쳐다보며) 얼마나 멋져!

선영 뭐, 얼마나 멋져? 그래서, 네놈도 할아버지처럼 평생 나 팔 불며 딴따라로 살겠단 거야? 그런 것이야?

현우 엄만, 왜, 툭하면 할아버지를 헐뜯는 거야?

선영 네놈이 자꾸만 할아버질 닮아가니 그렇지!

현우 그래도 할아버지께선 평생 예술을 하신 분이시라고. 예 술가라고.

선영 뭐, 예술가? 네놈이 예술이 무엇인지 알기나 해?

현우 남들을 즐겁게 해준 것이 예술이지, 뭐…….

선영 딴따라도, 나팔장이도 예술이야?

현우 엄연한 예술가지 뭐. 음악가. 연주자!

선영 (화를 내며) 그래도 그 썩어빠진 생각을 내팽개치지 않고, 이 엄마한테 꼬박꼬박 말대꾸하겠단 거야?

현우 (반항적으로) 제발, 내 인생을 엄마 맘대로 끌고 가려고 하 지 말라고요! 내 인생은 내 것이라고요!

선영 뭐야? 내 인생? 네놈이 인생이 뭔지 알기나 해?

현우 나도 내 꿈이 뭐라는 것쯤은 안다고!

선영 그래, 네놈의 꿈이 뭔데?

현우 (다시 외면하며 허공을 쳐다본다)

선영 말해! 평생 나팔 불고 사는 게 네놈의 꿈인 게야?

현우 (반항적으로) 엄마 맘, 다 알고 있으니 이젠 그만해!

선영	이놈이 어디서 큰 소리야!
현우	(입을 삐쭉거리며 허공을 바라본다)
선영	잘 들어. 이 엄만, 죽어도 그 꼴은 못 본다! 내 아들이 나팔 부는 꼴은 죽어도 못 봐! 알았어?
현우	알았으니까 그만하라고요!
선영	다시 한 번 색소폰을 끼고 있을 땐, 그땐 너 죽고 나 죽는 거야? 알았어? 알았냐고?
현우	(반항적으로) 도대체 같은 얘길 몇 번이나 되풀이하는 거야!
선영	네놈의 귀는 쇠귀에 경 읽기니 그렇지!
현우	체! (다시 허공을 바라본다)

영수, 방에서 나온다. 그의 얼굴에는 아직도 어둠이 깔려 있다. 선영, 무슨 말을 하려다가 영수를 보자 말문을 닫는다. 세 사람에게 얼마간 어색한 침묵이 흐른다.

영수	(끼어들듯) 그만해라. 그쯤 했으면 현우도 알아들었을 게다.
선영	……. (화를 삼킨다)
영수	(현우에게) 다신 할아버지 물건에 손대지 마라.
현우	(건성으로) 네에.
선영	대답만 하면 뭘 해요. 실천을 해야죠.
현우	(자리를 피하듯) 나, 학원 가. (안으로 들어간다)

두 사람, 서먹서먹한 분위기가 감돈다.

영수, 조용히 소파에 앉는다.

선영 (한숨을 짓는다) 원, 자식 하나 있는 게 뭐가 되려고 저 모양 인지…….

영수 (넌지시) 그만 진정해라. 현우도 철이 들면 괜찮아 질게다.

선영 크게 될 나무는 떡잎부터 다르다고 했어요. 틈만 있음 색소폰만 끼고 사는 놈이 커서 뭐가 되겠어요.

영수 (담담하게) 내가 다신 색소폰을 못 만지게 하마.

선영 (원망하듯) 이게 다 아버님의 잘못이에요.

영수 …….

선영 제가 처음부터 얼마나 말렸어요. 현우한테 색소폰을 가 르쳐주지 마시라고요.

영수 …….

선영 그런데도 아버님께선 제 말은 막무가내하시고 현우가 초등학교 때부터, 제가 집에서 불지 못하게 하면, 현우를 어린이 놀이터나 공원, 심지어는 산에까지 데리고 다니 시면서 색소폰을 가르치셨어요?

영수 지 놈이 하도 좋아 하길래, 취미삼아 배워 보라고 했을 뿐이다…….

선영 그런데 지금에 와서 그 결과가 뭐죠? 이젠 아예, 공부는 뒷전이고 틈만 있음 색소폰을 끼고 살잖아요?

영수 다신 색소폰을 못 만지게 한다고 하지 않았느냐.

선영 그렇게 쉽게 풀릴 일이람 걱정도 하지 않지요. (어이가 없다는 듯) 허! 기가 막혀서…… 이젠 노골적으로 이 엄마한 테 선언을 하더군요. 색소폰 연주자가 되겠다고요. 아버 님께선 하나밖에 없는 손자가 평생을 나팔 불며 산다면, 아버님의 맘이 좋으시겠어요?

영수   (내뱉듯이) 하나뿐인 손잘, 나팔쟁이 만들려는 할애빈 없을 게다!

선영   아버님 생각이 그러하시다면, 현우가 색소폰에 더 깊이 빠져들기 전에 막아야 되지 않겠어요?

영수   걱정마라. 다신 색소폰을 못 만지게 할 거다.

선영   색소폰을 집안에 두고선 현우를 막을 수 없다고 봐요, 전.

영수   그, 그럼, 색소폰을 버리기라도 하잔 것이냐?

선영   전, 그게 최선책이라고 생각해요. 그래야만 현우도 그렇지만, 아버님께서도 색소폰과 인연을 끊을 수 있을 것 아니겠어요.

영수   (어안이 벙벙하여 말문을 찾지 못하고 선영의 얼굴을 빤히 쳐다본다)

선영   아까 병원에서 의사가 한 말 못 들으셨어요? 심장에 자 극을 주면 안 된다는 의사의 말. 심장에 자극을 주면 심 장마비가 올지도 모른다고 하지 않던가요. 그러니 심장 에 자극을 줄 수 있는 색소폰을 부시면 큰 변을 당할 수 도 있다고요. 첫째도 안정, 둘째도 안정, 오직 안정을 취 해야 된다고요. 아버님께서도 아시잖아요? 매사에 유비 무환이 으뜸이란 걸.

영수   …….

선영 (달래듯) 아버님, 그렇게 하세요. 세상에 건강보다 더 중요한 것이 뭐가 있겠어요. 건강을 잃으시면 모든 것을 다 잃는 거예요.

영수 ……·.

선영 색소폰을 집안에 두시면 아버지께서도 색소폰을 부시고 싶은 유혹을 뿌리치지 못하실 거예요. 현우도 그렇고요. 저도 집안에 색소폰이 있는 건 정말 싫어요. 항상 불안해요. 마치 집안에…… (무슨 말을 하려다가 차마 말을 잇지 못한다)

영수 ……·.

선영 (달래듯) 아버님, 아버님께서도 지난 일들을 생각해 보세요. 그동안 색소폰 땜에 집안에 얼마나 많은 불화가 생겼는지 아버님께서도 잘 아시지 않아요? 색소폰만 없다면 우리 집안에 불화가 생길 게 뭐가 있겠어요. 우리에게 뭐가 부족해서 불화가 생기겠어요.

영수 ……·.

선영 (달래듯) 물론 알아요. 아버님께서 평생 동안 함께 해온 물건이란 걸. 아버님의 손때가 묻은 물건이란 걸. 허지만, 흘러가버린 과거가 현재보다 중요할 순 없잖아요?

영수 (내뱉듯이) 그만해라!

선영 (여전히) 아버님, 이젠 제발 미련을 버리세요. 옛날이야 색소폰 없는 생활도, 아들 공부도 가르칠 수 없으셨겠지만 지금은 다르잖아요? 이젠 색소폰 같은 것 없이도 부족함 없이 살아갈 수 있다고요. 아버님의 아들이 검사예요, 검사!

영수   …….

선영   그러니 아버님, 이젠 제발 색소폰 같은 것에 미련을 버리시고 검사 아버지답게, 그런 격에 맞는 사람들과 어울리면서 매일 즐겁게 소일해보세요. 노인대학 같은 곳에 나가셔서 또래 할머니들과 어울려 춤을 추시고, 아니면 골프라도 배워보세요. 그것도 싫으시면 어디 여행이라도 가시든가요. 아버님께서 원하신다면 세계 일주라도 보내드릴게요. 제발, 오고 갈데없는 노인들만 우글대는 공원 같은데 가셔서 색소폰 부시지 마시고요. 주위 사람들 보기도 그렇잖아요. 지난번처럼 제가 공원에 봉사 갔을 때처럼 그곳에서 색소폰을 부시는 아버님을 보자 제가 얼마나 창피했는지 아세요? 그때 전, 쥐구멍이라도 있으면 들어가고 싶었다고요. 아버님을 아는 저희 친구들이 저보고 뭐라고 했는지 아세요? 시아버님을 어떻게 모셨기에 이런 공원에 나와 색소폰 불어주고 돈 몇 푼 받게 만드시냐고 제게 핀잔을 주더군요. 소위 불우한 노인들을 위해 봉사를 하고 있는 제가 그 말을 들었을 때 제 체면이 뭐가…….

영수   (선영의 말을 자르며) 그만해라, 제발!

선영   ……?

영수   (일어나며) 그만 들어가 마. 피곤하구나.

선영   아버님, 약속하시는 거죠?

영수   ……. (발을 옮겨 안으로 들어간다)

선영   (들어가는 영수에게) 꼭 약속하셔야 해요? 색소폰과 인연을 끊으신다는 것!

영수   ……. (묵묵히 안으로 들어가 버린다)

사이.

선영   (영수가 말없이 들어가 버리자 은근히 화가 치민다) 젠장! 도대체, 그놈의 낡아빠진 색소폰이 뭐길래 품안에 끼고만 있겠단 거야! 도대체 뭐길래!

현우, 책가방을 들쳐 메고 안에서 나온다.

현우   (선영을 쳐다보지도 않고 나가며) 나, 학원 가.

선영   (쏘아붙이듯) 끝나면 곧장 집이야? 알았어?

현우   (퉁명스럽게) 알았어!

선영   빵은?

현우   (여전히) 먹었어!

선영   명심해? 색소폰과 이별!

현우   알았어! (문을 꽝 닫고 나가버린다)

선영   (혼잣말처럼) 죽일 놈!……. (한숨을 짓는다)

순덕(25세쯤), 장바구니를 들고 들어온다.

순덕   현우가 왜 저렇게 심통이 났어요?

선영   (순덕을 쏘아보며) 너, 지금 어디 갔다 오는 게야?

순덕   슈퍼에 찬거리 사러요.

선영   슈퍼에 갔음 빨리 와야지!

순덕   빨리 온 건데요.

선영   내가 없을 땐 집을 비우지 말라고 했지?

순덕   (의아해서) 무, 무슨 일이 있었어요?

선영   오늘도 현우가 색소폰을 끼고 있었어!

순덕   또, 또요?

선영   현우가 색소폰을 못 만지게 한 것도 네 임무란 걸 몰라?

순덕   현우가 학원에 간다기에 안심하고 갔었는데…….

선영   그러면 현우가 나간 후에 너도 나갔어야지!

순덕   (금방 풀이 죽어서) 죄, 죄송해요…….

선영   내가 괜히 네게 돈을 후하게 주는 줄 알아?

순덕   …….

선영   너, 내 집에서 쫓겨나고 싶은 게야?

순덕   아, 앞으론, 주의할게요…….

선영   한 번 더, 네 임무를 소홀히 하면 정말 쫓아내고 말거야?

순덕   앞, 앞으론 명심할게요.

사이.

선영	그리고, 오늘부턴 네 임무가 하나 더 있다.
순덕	뭐, 뭔데요……?
선영	할아버지께서 색소폰을 들고 밖으로 못 나가시게 해라.
순덕	하, 할아버지도요?
선영	그래. 의사가 색소폰을 더 부시면 건강을 해친다고 했다. 알았어?
순덕	아, 알았어요.
선영	명심해! 가정일도 네 임무지만 색소폰을 지키는 것도 네 임무란 걸!
순덕	명심할게요. (하고는 안으로 들어간다)

사이.

선영	(투덜거리듯) 원, 하루라도 맘 편한 날이 있어야 살지!

선영, 한숨을 짓는다. 이윽고 마음을 가다듬고 옷걸이에 걸어둔 옷을 든다. 그리고 안으로 들어간다. ─서서히 암전─

제2장. (1장과 같음)

1장에서 세 시간쯤 지난 후 텅 빈 거실. 거실에 밝게 불이 켜 있다.
초인종 소리 ─ 순덕, 안에서 나와 벽에 인터폰을 든다.

순덕　누구세요?

소리　나다!

순덕, 가서 문을 열어준다.
검사인 광호(38세쯤), 들어온다. 손에 서류가방을 들었다.

순덕　(목례를 하며) 이제 오세요?

광호　응.

순덕　(안을 향해) 사모님, 검사님 오셨어요!

광호　마실 것 한 잔 다오.

순덕　네. (안으로 들어간다)

광호, 서류가방을 소파 위에 놓는다. 윗옷을 벗어 소파 위에 올려놓
는다.
안에서 나오는 선영, 아직도 화가 풀리지 않은 표정.

선영　웬일이우? 이렇게 일찍?

광호	응. 일이 좀 빨리 끝났어.
선영	오늘도 밤샘하는 줄 알았는데…….
광호	검사도 사람이야, 매일 밤샘하면 어떻게 해.
선영	…….
광호	(소파에 앉으며) 아버진?
선영	방에 계셔요.
광호	그만하기에 천만다행이야.
선영	병원, 윤 박사한테 전화하셨군요?
광호	응.
선영	뭐라고 하든가요, 윤 박사가?
광호	앞으론 색소폰을 불어선 안 된다고 하더군.
선영	더 부시면 큰 변을 당할 수도 있다고 하지 않던가요?
광호	심장에 자극을 주면 갑자기 심장마비가 올 수도 있다고 하더군.

순덕, 음료수가 든 컵을 쟁반에 받쳐 들어온다. 탁자 위에 컵을 놓고는 다시 나간다. 광호, 목이 마른 듯 음료수를 단숨에 마신다.

선영	그런데도, 아버님께선 심각하게 생각하지 않아요.
광호	무슨 소리야! 윤 박사가 몇 번이나 당부를 했는데!
선영	그러게 말예요.
광호	심각하게 생각 않으면 큰 변을 당할 수도 있다고 했어!
선영	그래서 색소폰과 인연을 끊으시라고 말씀드렸더니…….

광호	그랬더니? 그렇게 하시겠대?
선영	웬걸요. 일언반구도 없이 방으로 들어가 버리시더군요.
광호	(느끼듯) 허기야, 그렇게 쉽게 색소폰과 인연을 끊으실 수 있겠어. 당신이 평생을 함께 해온 물건인데…….
선영	색소폰을 더 불면 죽을 수도 있다는대두요?
광호	시간을 두고 설득해 보자고, 부시지 말라고.
선영	우리가 부시지 말라고 한다고 안 부실 분이에요?
광호	그렇다고, 다른 방법이 없잖아. 아버질 설득하는 수밖에…….
선영	우리가 설득한다고 고집을 꺾을 아버님이라 보세요?
광호	그래도 방법이 없잖아? 설득할 수밖에…….
선영	아무리 생각해봐도 방법은 하나밖에 없는 것 같아요.
광호	방법이 하나밖에 없는 것 같다니……?
선영	우리가 색소폰을 버리는 수밖에요.
광호	우, 우리가……? 아버지 물건을 우리가……?
선영	현우를 위해서라도 그렇게 해야 해요.
광호	현우는 색소폰과 인연을 끊었잖아?
선영	끊어요? 오늘도 내가 병원 간 틈에 색소폰을 껴안고 있었는데.
광호	뭐, 뭐라고? 오늘도?
선영	내 속이 얼마나 상했는지 아세요?
광호	그래, 그놈을 가만 놔뒀어?
선영	말하면 뭘 해요. 귀에 대못이 박힌 놈인데.

광호	(벌떡 일어난다) 이놈을! 이놈 어디 있어? 이놈을 그냥!
선영	학원에 갔어요.
광호	이놈이, 그만큼 알아듣게 말했는데도!
선영	(어이가 없다는 듯이) 흥! 오늘은 노골적으로 선언하더군요.
광호	선언을 해? 뭐라고?
선영	색소폰 연주자가 지 놈의 꿈이라고요.
광호	뭐, 색소폰 연주자가 지 놈의 꿈이라고?
선영	그놈은 지금 색소폰에 미쳐 있다고요.
광호	이놈이, 지금 제 정신이야? 이놈을 그냥!
선영	현우 잘못만은 아니죠.
광호	(선영을 빤히 쏘아보며) 그럼, 누구 잘못이야?
선영	원인 제공자가 아버님이잖아요?
광호	(빤히 쏘아보며) 당신, 또 싸우잔 거야?
선영	애당초 아버님께서 현우에게 색소폰을 가르쳐 주지 않았으면…….
광호	아무리 할아버지가 색소폰을 가르쳐줬다고 해도, 지 놈이 결단력만 있어봐! 다시는 불지 않겠다는 결단력만!
선영	고양이가 꿀단지 앞을 그냥 지나치는 걸 봤어요?
광호	뭐, 뭐라고?
선영	꿀단지만 없으면 고양이도 꿀단지에 눈독을 들이지 않을 것 아니냐고요. 현우도 색소폰만 없으면 색소폰을 만지지도 불지도 않을 거라고요!
광호	그래서, 아버지 물건을 우리 맘대로 버리잔 거야?

선영   (내뱉듯이) 모두를 위해서 화근을 없애야 해요!

광호   말 같잖은 소린 하지도 마!

선영   난, 내 아들을 나팔 불며 살게 할 순 없다고요!

광호   누가 나팔 불며 살게 한댔어?

선영   난, 내 아들을 더 이상 수렁으로 빠지게 할 순 없어요! 그러니 화근을 없애자고요! 최선책은 색소폰을 버리는 것이에요!

광호   말했잖아! 우리 마음대로 버릴 순 없는 물건이라고!

선영   그럼, 언제까지나 불화의 씨앗을 안고 살잔 말인가요?

광호   그래서 시간을 두고 아버지를 설득해 보자고 안 했어?

선영   백번 천 번, 설득한데도 아버님께서 색소폰을 내동댕이 치실 분이 아니라고요!

광호   그래도 설득하고 설득하면 언젠간 아버님께서도 들어주실 게 아니겠어!

선영   언젠간요? 당신 못 봤어요? 아버님께서 눈만 뜨시면 색소폰을 껴안고 나가시는 걸. 심지어는 밤에 주무실 때도 색소폰을 끼고 주무시는 걸. 그렇게 신주단지마냥 애지중지한 색소폰인데 우리가 설득한다고 버려요?

광호   그래도 설득만이 우리가 할 수 있는 도리잖아?

선영   정말이지 이젠 분통이 터져서 더 못 살겠어요. 도대체, 그까짓 낡아빠진 색소폰이 뭔데, 우리에게 매번 이런 고통을 주냐고요! 그까짓 낡아빠진 색소폰이 손자의 장래보다 당신 건강보다 더 중요하단 말인가요? 그래요?

광호 그만 진정해. 기회를 찾아보자니깐!

선영 당신 벌써 잊었어요? 우리가 결혼할 때를 생각해 보세요. 난 지금도 그때 일들이 잊혀지지가 않아요. 아버님께서 색소폰을 부신다고 우리 엄마 아빠가 우리 결혼을 얼마나 반대했어요. 그때부터 지금껏 줄곧 그까짓 색소폰 하나 땜에 우리가 얼마나 많은 고통을 받고 있냐고요! 내가 마음 조이지 않는 날이 하루라도 있는 줄 아세요? 얼마나 내 맘이 불안한지 아세요? 그놈의 색소폰이 집안에 있다고 생각하면, 마치 집안에 흉물스런 괴물이 있는 느낌이라고요! 괴물이요!

광호 무슨 말을 그렇게 해! 그럼, 색소폰이 흉물스런 괴물이란 게야?

선영 (단호하게) 전, 그렇게 느껴져요!

광호 말 같잖은 소린 하지도 마! 소위 노인들을 위해 사회봉사를 한다는 당신이, 그렇게 노인의 마음을 함부로 흔들어 놓아도 되는 거야? 더구나 아버님에게?

선영 아버지면 자식들의 말도 귀담아들어줘야죠! 자식들의 말도요!

광호 그래서 기회를 봐서 설득해 보자고 안했어!

선영 정말이지 이젠 창피해서도 더 못 살겠어요. 아파트 여편네들이 나더러 뭐라고 하는지 아세요? 색소폰 영감님 며느리이시죠, 하는 거예요.

광호 그럼, 그렇다고 하면 되잖아?

선영 아버님께서 노상 밤늦게 아파트 뒷산에서 색소폰 부시 니깐 내가 그런 말을 듣죠. 당신은 자존심도 없어요? 검 사님 부인이시죠, 하면 어디 입이 삐뚤어지나요?

광호 당신답지 않은 소리 그만해.

선영 정말이지, 이젠 친정집도 못가겠어요. 친정집에 가면, 엄 마 아빠가 뭐라고 하는지 아세요? 네 시아버지 요즘에도 공원에 가서 색소폰을 부시냐? 제발 주위 사람들 체면도 좀 생각하시라고 해라, 하시는 거예요.

광호 (은근히 자존심이 상해서) 우리 아버진, 소일할 곳이 없어서 그런 곳에 가는 거야.

선영 소일할 곳이, 꼭 오고 갈데없는 노인들이 우글거리는 공 원에서 나팔 부는 것밖에 없나요?

광호 당신 엄마, 아빠야 별장, 골프장, 여행으로 소일하시겠지 만…….

선영 (광호의 얼굴을 쏘아보며) 정말, 또 싸우겠단 거예요?

광호 그러니까, 그 얘긴 그만하자고, 그만!

사이.

선영 좋아요! 누구도 색소폰을 못 버리겠다면, 나라도 버릴 거예요!

광호 말도 안 되는 소리 작작해! 아버지의 물건이야!

선영 (결심한 듯) 최선책은 그 길밖에 없어요!

광호   뭐가 그게 최선책이란 거야?

선영   서로를 위해서예요, 서로를!

영수, 안에서 묵묵히 걸어 나온다. 선영, 무슨 말을 하려다 영수를 보자 말문을 닫는다. 세 사람, 잠시 어색한 침묵이 흐른다.

영수   (어색함을 없애려는 듯) 오늘은 일찍 들어왔구나?

광호   네. 일이 좀 일찍 끝났어요.

선영   (자리를 피하듯) 전, 저녁 준비할게요. (안으로 들어간다)

영수   ……. (소파에 앉는다)

사이.

광호   몸은 좀 어떠세요?

영수   괜찮다.

광호   조심하셔야 해요. 윤 박사가 당부하던데요.

영수   염려마라. 설마 뛰는 심장이 멈추기라도 하겠느냐?

광호   (넌지시) 들으셨죠. 앞으론 색소폰 부시면 안 된다는 걸.

영수   들었다.

광호   오늘도, 현우 놈이 색소폰을 끼고 있었다면서요?

영수   앞으론 다신 만지지 못하게 할 거다.

광호   (넌지시) 아버지께서도, 이 차제에 색소폰과 인연을 끊으셨으면 해요.

영수	그 얘긴 그만해라. 어미한테 귀가 따갑도록 들었다.
광호	아버지의 건강을 위해서예요. 현우도 그렇고요.
영수	현우 문젠 걱정마라고 했잖느냐.
광호	아버지의 건강은요?
영수	난 괜찮아. 심장이 좀 약하다고 금방 죽지 않아.
광호	아버지, 색소폰이 지겹지도 않으세요. 평생을 하루같이 색소폰을 부셨으면서도…….
영수	…….
광호	이젠 우리도 색소폰이 없어도 남부럽지 않게 살아갈 수 있잖아요?
영수	그래서, 이젠 색소폰 같은 건 필요 없으니 버리란 게냐, 너도?
광호	이제부터라도 건강을 지켜가며 여생을 즐겁게 보내시란 거예요.
영수	(내뱉듯이) 세상엔 버릴 수 있는 물건이 있는가 하면, 버릴 수 없는 물건도 있는 법이다! 때론 목숨보다 더 소중한 물건도 있는 법이야!
광호	그렇다고, 그 색소폰이 아버지의 건강보다 소중할 순 없잖아요?
영수	(내뱉듯이) 내겐, 더 소중하다!
광호	뭐가 아버지의 건강보다 더 소중하시다는 말씀이세요?
영수	(쏘아보며) 진정 네가, 그 색소폰이 이 애비에게 무엇이란 걸 몰라서 그런 말을 하는 거냐?

광호	어찌 모르겠어요. 아버지께서 평생 동안 지녀왔던 물건이란 것, 아버지의 추억들이 배여 있는 물건이란 것. 허지만 그것은 과거예요. 과거가 현재보다 중요할 순 없잖아요?
영수	난, 과거가 더 소중하다. 그것이 이 애비가 살아온 인생이니까!
광호	아버지, 도대체 왜 그러세요? 그 색소폰이…….
영수	(영수의 말을 자르며) 어쨌든 난, 색소폰만은 버릴 수 없다!
광호	아버지께서 정 그러시면, 제가라도 버리겠어요.
영수	(어안이 벙벙해서) 뭐라고? 네가 색소폰을 버려……?
광호	모두를 위해서죠. 가정의 화목을 위해서!
영수	그래서, 네가 애비의 물건을 버리겠다고?
광호	도대체 낡아빠진 색소폰이 뭐라고 그리 애착을 가지시냐고요!
영수	뭐, 뭐, 나, 낡아빠진 색소폰…….
광호	그렇잖아요? 아버지의 건강과 손자를 위해서람…….
영수	이놈아! 네놈을 검사로 만들어 준 것도 저 색소폰이야!
광호	설령 그렇다고 해도 그건 과거잖아요. 과거!
영수	이놈아! 그 과거 속엔 이 애비의 인생이 들어 있어! 이 애비의 인생이!
광호	아버지 도대체 왜 그러세요?
영수	(단호하게) 난 추호도 버릴 수 없다! 추호도!
광호	아버지께서 정 못 버리시겠다면, 제가 버릴 겁니다!

영수   (버럭) 그래도 이 애비 말을 못 알아듣겠단 거야? 배은망
덕한 놈처럼!

광호   ······.

서서히 암전.

제3장. 영수의 방

깊은 밤. 고요하다. 어디선가 시계의 초침소리가 들려온다.

얼마 후 시계의 초침소리 서서히 사그라지면, 조명이 커다랗게 사각형을 그린다. 영수의 방. 짙은 어둠으로 사각형의 방이 선명하게 보인다. 영수, 바닥에 앉아 천으로 색소폰을 닦고 있다. 마치 사랑하는 사람을 어루만지듯이 하며…….

얼마 후.

영수　(여전히 색소폰을 닦으며) 당신 왔어…….

금희(50세쯤), 어느새 어둠 속에서 살며시 들어와 있다. 영수보다 훨씬 젊어 보인다. 이십여 년 전에 죽은 영수의 부인의 환영이다.

영수　(퉁명스럽게) 왔으면 앉지, 그렇게 장승마냥 서 있을 참이야?

금희　(빙그레 웃으며 살며시 앉는다) 제가 그토록 보고 싶으세요?

영수　(퉁명스럽게) 나, 당신, 보고 싶다 안 했어!

금희　그런데, 왜 자지 않고 색소폰을 어루만지고 계세요?

영수　난, 지금 색소폰을 닦고 있는 거야.

금희　그게 절 보고 싶다는 말 아닌가요?

영수　그냥 색소폰을 닦고 있는 거라니까, 그냥…….

금희 그럼, 절 보고 싶은 게 아니네요?

영수 그걸, 꼭 내 입으로 말을 해야 해?

금희 (빙그레 웃는다) 전, 다 알아요, 당신 마음.

영수 ……

금희 당신이 왜 색소폰을 어루만지고 계시는지…….

영수 ……

금희 당신이 제게 늘 말했지 않았어요?

영수 내가 뭘……?

금희 제가 보고 싶음, 색소폰을 불거나 어루만진다고, 그러면 제가 당신 앞에 나타나 함께 얘기도 나누고, 노래도 부르고 춤도 춘다고요.

영수 (퉁명스럽게) 사실이 그런걸, 뭐…….

금희 (느끼듯) 그럴 테죠. 어찌 이 색소폰 안에 저만 들어 있겠어요. 우리의 인생도 들어 있겠죠. 우리의 만남, 우리의 삶, 우리의 고통, 우리의 행복까지도…….

영수 그것들이 우리가 살아온 인생이 아니겠어?

금희 그래요. 이 색소폰이 없었다면 우리가 만날 수도 없었 겠죠.

영수 그거야, 내가 이 색소폰이 없었다면 악극단에 들어갈 수 나 있었겠어.

금희 당신이 악극단에 들어오지 않았담, 저도 당신의 색소폰 연주에 반하지도 않았겠죠.

영수 그거야, 내가 당신의 노랫소리에 반한 거지 뭐…….

금희   (미소 짓는다) 그럼, 우린 서로 반한 거네요? 안 그래요?

영수   (빙그레 웃으며) 아무튼, 우린 잘 어울리는 한 쌍이었지.

금희   그래요. 당신의 색소폰 연주에 제 노랫소리가 실리면…….

영수   사람들이 야단이었지. 마치 하늘에서 들려오는 소리 같다고…….

금희   언제나 당신의 색소폰 연주가 멋졌었죠.

영수   아니야. 언제나 당신의 노랫소리가 더 멋졌어.

금희   어쨌든, 이 색소폰은 우리 생활에 큰 버팀목이 돼줬죠.

영수   지금도 내 여생에 버팀목이 돼주고 있는 걸. 이 색소폰을 바라보고 있노라면, 마치 돌아가는 영화 필름처럼 우리들의 지난 과거가 보여. 우리가 기뻤든 일들, 슬펐든 일들, 그리고 즐거웠고 고통스러웠든 일들까지도…… 마치 이 색소폰 안에 마술거울이라도 들어 있는 것처럼 환히…… 박꽃같이 환하게 웃는 당신의 모습도 보이고, 은은하고 감미로운 당신의 노랫소리도 들려오지. 내 색소폰 연주에 어울려 부르는 당신 노랫소리가…… (어느새 노랫소리가 들려오는 듯 허공을 바라보며) 그래…… 이렇게…… 이렇게…… 당신의 노랫소리가 내 귓전에 들려와…… 은은하고 감미로운 당신의 노랫소리가……. (환하게 웃는다)

어느새 어디선가 저 멀리서 색소폰 연주에 어울린 여인의 노랫소리가 들려온다.' 매기의 추억'이다. 신비롭게 들려온다. 영수, 노랫소리를 쫓으며 환하게 웃는다. 금희, 구음으로 조용히 노래를 따라 부른다.

옛닐에 금잔디 통산에 / 매기같이 앉아서 놀던 곳/ 물레방아 소리 들린다, 매기야/ 네 희미한 옛 생각 /동산수풀은 없어지고 / 장미화만 피어 만발하였다 /물레방아 소리 그쳤다 / 매기 내 사랑하는 매기야 /지금은 우리 늙어지고 / 매기 머리는 백발이 되었다 /옛날의 노래를 부르자 / 매기 내 사랑하는 매기야

두 사람, 노래가 끝나자 서로 마주보며 환하게 미소 짓는다.

영수 역시, 당신 노랫소린 언제 들어도 천사가 부르는 노랫소리 같아!

금희 (빙그레 웃는다) 뭘요. 당신 귀에만 그렇게 들리시겠지요.

영수 아냐. 사람들이 당신 노랫소리에 반해 얼마나 환호성을 쳤었는데…….

금희 당신 색소폰 연주에 반해 환호성을 친 거지요.

영수 아냐! 난 당신 인기에 반도 못 따라 갔는걸.

금희 아무튼, 우린 사람들의 마음을 끄는 마력도 있었나 봐요.

영수 그래! 우리가 악극단을 그만두고 술집 업소에 나갈 때, 우리 인기가 얼마나 대단했었어. 아, 당신 노랫소리만 흘러나오면, 테이블에서 술을 마시던 손님들도 물을 끼얹

듯 조용해 졌었으니깐. 그리고 노래가 끝나면 손님들은 박수를 치며 환호성을 질러댔었지. 브라보! 브라보! 하면······. (흐뭇해서 웃는다)

금희 (흐뭇해서) 그땐, 우리도 잘 팔렸지요······.

영수 암! 우리 생애의 전성시대였지! 아, 술집 사장들이 서로 자기 업소로 우릴 끌어가려고 돈 보따리를 싸들고 올 정도였으니깐······. (다시 웃는다)

금희 (흐뭇해서 웃으며) 그랬었죠.

사이.

영수 (순간 표정이 어두워지며) 그런데, 그때가 난 늘 후회가 돼······.

금희 (그 말뜻을 알아차리고) 그 말씀만은 하지 않기로 했잖아요.

영수 그때, 자식 놈, 학교는 못 보낼망정 우리가 그렇게 무리하게 뛰지 말았어야 했었어······ 그랬으면······. (말을 잇지 못하고 금방 눈시울이 붉어진다)

금희 그때 우리가 그렇게 밤낮으로 뛰지 않았음, 자식 하나 있는 것, 공부라도 제대로 시켰겠어요.

영수 (갑자기 울먹이며) 자, 자식 놈, 공분 못 시킬망정······.

금희 그래도 얼마나 다행이에요. 자식 놈이 검사가 됐으니······.

영수 당신마저 내 곁에 있었음, 금상첨화가 아니겠어?

금희	(억지로 미소 지으며) 욕심이 많으면 화를 입어요.
영수	마, 마음이 아파서 그래, 마음이…….
금희	세상 모든 사람들에게 행복만 있는 것 아니에요.
영수	내가, 내 손으로 당신을 땅 속에 묻을 때…….
금희	새삼스럽게 그 얘긴 왜 꺼내세요.
영수	삼일 째 되던 날, 당신 무덤을 찾아 갔었지. 진눈깨비가 내리는 날이었어. 비가 와서 그런지, 산엔 아무도 없더군. 난, 당신 무덤 곁에 앉아 색소폰을 불어댔지. 불고 또 불었지. 얼마큼 불었는지도 몰라. 아무튼 당신이 좋아하는 곡은 다 불러댔으니까. 그러고 있었는데 그때, 내 눈 앞에 뭐가 보였는지 알아?
금희	제가 당신 앞에서 노래를 부르고 있었다고 했잖아요?
영수	그래. 당신이 내 앞에서 노래를 부르고 있는 거야. 내 색 소폰 연주에 어울려서…… 생시처럼 말이야……! 그래, 난 신바람이 나서 색소폰을 불어댔지. 당신은 환하게 웃 으며 노래를 불러댔고…… 우린 신명이 났었지…… 마 치 하늘을 훨훨 날은 기분이었어! 훨훨……. (웃는다)
금희	(빙그레 웃으며) 당신이 즐거워하는 모습을 보니 좋네요. 언 제나 그렇게 즐겁게 사셔야 해요.
영수	그 후부턴 난 습관처럼 돼버린 거야. 이렇게 색소폰을 어루만지고 있거나 색소폰을 불고 있노라면, 당신도 보 이고 우리가 살아온 지난 세월들이 보여. 비록 보잘 것 없고 하찮은 인생이었지만, 한평생을 살아온 내 삶의 흔

적들이 보여…….

금희 (느끼듯) 그럴 테죠. 이 색소폰 안엔 우리가 살아온 삶이 다 배어 있을 테니까요. 그 과거들이 우리의 인생 아니 겠어요.

영수 그래, 그게 우리의 인생이지.

금희 우리의 인생이고말고요.

영수 요즘 난, 너무 허전해. 물론 인생의 뒤안길을 걷고 있 으니까 그러겠지만, 자꾸 내가 살아온 뒤를 돌아보게 돼…… 과연 내가 세상을 잘 살아 온 걸까? 한평생을 살 았는데, 과연 내 것이라고 내세울 만한 것이 이 세상에 뭐가 있을까 하고…… 그런데 아무리 생각해도 내 것이 라고 내세울 만한 것은 이 색소폰뿐이야…….

금희 그런 생각마세요. 그냥 하루하루를 즐겁게 사세요. 인생 이란 다 허전하기 마련이에요.

영수 (내뱉듯이) 난, 내 것을 찾고 싶어! 잃어버린 내 인생 을…… 난 이 색소폰을 통해 내가 살아온 흔적들을 찾은 거야. 난, 그것들을 찾아 진정한 내 모습을 다시 그리고 싶어. 내 모습을…….

금희 알아요, 당신 마음…….

영수 ……. (어떤 생각 속에서 색소폰을 닦는다)

현우, 살며시 살금살금 안으로 들어온다. 금희, 들어오는 현우를 보 자 빙그레 웃는다. 그러나 현우의 눈에는 금희가 보이지 않는다.

금희　(반가워서) 여보, 손자가 왔어요!

현우　(살금살금 들어와 영수의 어깨를 덥석 감싸며) 할아버지?

영수　(흠칫 놀란다) 놀랐다, 이놈아!

현우　할아버지, 왜 여태 안 주무세요?

영수　니놈은 자지 않고 왜 왔느냐?

현우　그냥, 잠이 안 와서요…….

영수　잠이 안 오면 공부나 할 것이지.

현우　공부가 머리에 들어가야 공불하죠.

영수　왜?

현우　그냥요.

영수　싱거운 녀석…….

현우　할아버지, 또 할머니와 얘기하고 계셨군요?

영수　(감추며) 아, 아니다, 이놈아!

현우　에이, 할아버지 얼굴에 그렇다고 씌어 있는데요.

영수　허, 이놈이 사람 잡네…….

현우　아닌데, 왜 색소폰을 어루만지고 계세요?

영수　인석아, 보면 모르냐, 색소폰을 닦고 있는 거.

현우　이 밤중예요?

영수　색소폰을 닦는데 밤낮이 따로 있다더냐?

현우　에이, 또 거짓말하신다.

영수　참말이다, 이놈아!

금희　(빙그레 웃고만 있다)

현우　전, 알아요.

영수	뭘 알아?
현우	할아버지께서 왜 색소폰을 어루만지고 계시는지.
영수	네놈이 알긴 뭘 알아?
현우	할아버지, 할머니가 그토록 보고 싶으세요?
영수	보고 싶긴, 미워 죽겠는데! (하고는 금희에게 눈짓을 한다)
금희	(눈짓하며 빙그레 웃는다)
현우	우리 할아버지, 또 거짓말하신다.
영수	참말이다, 이놈아!
현우	할아버지께서 그러셨잖아요? 이 색소폰 안엔 할아버지도 들어 있고, 돌아가신 할머니가 들어 있다고요.
영수	내가 언제?
현우	피! 이 손자가 초등학교 때부터 할아버지한테서 들은 얘긴 걸요? 할아버지께서 색소폰과 함께 있노라면, 할머니가 나타나 다정하게 얘기도 해주고, 노래도 불러주신다고요.
영수	(시치미를 떼며) 나, 그런 말 한 적 없다!
현우	에이, 또 시치미를 떼신다.
영수	허! 이놈이, 정말 사람 잡네!
현우	(영수의 양 어깨를 주무르며) 전 그게 좋아요. 할아버지께서 외롭지 않게 사시는 게. 할머니를 만나 다정하게 얘기도 나누시고, 노래도 부르시고 늘 즐겁게 사시기를 바래요.
영수	허, 이놈, 철들었네. (금희에게) 안 그래, 여보?
금희	(미소를 지으며) 그렇군요. 참으로 귀여워요.

현우	(의아해서) 할아버지, 지금 할머니가 곁에 계세요?
영수	네 할머니가 여기 있긴 어디가 있어?
현우	그럼, 방금 누구하고 말씀하셨어요?
영수	누구하고 말해, 너하고 말하지.
현우	방금, 안 그래, 여보, 하고 말씀하셨잖아요?
영수	나, 그런 말한 적 없다!
현우	(이상하다는 듯 고개를 기우뚱한다) 분명……
금희	(다시 빙그레 웃으며 현우의 머리를 쓰다듬어 준다. 그러나 현우는 금희의 손길을 느끼지 못한다)

사이.

현우	(마음을 가다듬고) 할아버지?
영수	왜?
현우	정말, 색소폰을 버리실 거예요?
영수	누가 그러든, 색소폰을 버린다고?
현우	엄마, 아빠가요. (얼른) 안 버리실 거죠?
영수	(마음을 감추며) 버릴 거다.
현우	정말로요?
영수	그래. 네놈이 툭하면 색소폰을 끼고 있는 꼴 보기 싫어서.
현우	색소폰을 버리시면, 할머니를 못 보실 텐데요?
영수	미운 할망구, 안 보면 말지 뭐……
현우	에이, 보고 싶어서 우실라고요?

영수	울긴? 미운 사람, 안 보면 더 좋지!
현우	에이! 벌써 우시려고 눈물을 글썽거리시면서…….
영수	허어, 이놈이 정말 생사람 잡네…….
현우	전 알아요. 할아버지께서 색소폰을 버리실 수 없다는 걸.
영수	네놈 좋으라고 색소폰을 붙들고 있어?
현우	저도, 이번 일만 끝나면 색소폰과 영원히 이별할 거예요.
영수	무슨 일인지 모르겠다만, 또 작심삼일이겠지.
현우	두고 보세요. 이번 일만 끝나면 색소폰과 이별하고…….
영수	공부에만 전념하겠단 거냐?
현우	그럴 거예요. 죽도록 공부만 할 거예요.
영수	허, 그것 참, 듣든 중 반가운 소리구나.
현우	두고 보세요. 할아버지 맘에 쏙 든 손자가 될 거예요.
영수	제발 그러길 바란다. (금희에게) 여보, 손자 놈, 귀엽지 않아?
금희	(미소 지으며) 귀엽고말고요.

사이.

현우	할아버지, 실은 제게 큰 문제가 하나 생겼거든요.
영수	큰 문제가 하나 생기다니?
현우	할아버지, 이건 비밀이에요.
영수	비, 비밀……?
현우	(다짐하듯) 이건 꼭 할아버지만 알고 계셔야 해요.
영수	인석아, 뭔데 그래?

현우　실은, 제가 텔레비전에 출연하게 되었거든요.

영수　네가, 텔레비전에 출연을 해?

현우　네. 일요일 아침 역시, 노래자랑 이벤트 프로예요.

영수　노, 노래자랑, 이, 이벤트 프로에……?

현우　거 있잖아요. 가족이나 친구, 애인끼리 나와서 노래 부르는 프로.

영수　그래서, 네가 거기 나가 노래를 부른단 말이냐?

현우　아뇨. 노래는 내 여자 친구가 부르고요…….

영수　그럼 넌?

현우　전 색소폰을 연주해요.

영수　(어안이 벙벙해서) 네가, 색, 색소폰을 불어? 방송국에 나가서……?

현우　(아랑곳없이 자랑이라도 하듯) 네. 아주 멋지게 연주할 거예요! 할아버지, 우리가 무슨 곡을 선정했는지 아세요? 옛날에 할아버지와 할머니께서 즐겨 부르셨다는 '매기의 추억'을 선정했다고요. 난, 할아버지처럼 색소폰을 연주하고, 내 여자 친군 할머니처럼 노래를 부르죠. 내 여자 친구 노래솜씨 끝내줘요. 할머니께서 노래를 잘 부르셨다고 하지만, 아마 내 여자 친구 노래 실력도 할머니 못지않을 거예요. (색소폰을 연주하는 시늉을 하며 노래를 부른다) 옛날에 금잔디 동산에/ 매기 같이 놀든 곳/ 물레방아 소리 들린다, 매기야…….

영수　(지금껏 어안이 벙벙해 있다가 단호하게) 그건 안 된다!

현우	……?
영수	네가 텔레비전에 나가 색소폰을 불어선 절대 안 돼!
현우	왜요?
영수	아무튼 안 돼! 이 할아버진 절대 반대다!
현우	할아버지, 이미 결정을 해 버렸어요.
영수	그래도 안 돼! 취소해라!
현우	이제 와서 취소할 수 없다고요. 이미 방송국에서 예심도 끝냈고…….
영수	어쨌든 취소해야 돼!
현우	그건 안 돼요. 내 여자 친구와 음악학원에서 색소폰을 빌려 한 달도 넘게 연습을 했다고요.
영수	뭐, 음악학원에서 색소폰을 빌려서 연습을 해?
현우	그런데 방송출연을 취소해 봐요…….
영수	아무튼 안 되면 안 되는 줄 알아!
현우	그리고 학교 친구들한테도 다 말해 버렸다고요. 나, 텔레비전에 나간다고. 그런데 안 나가봐요. 학교 친구들이 절 뭐라고 놀리겠어요. 허풍쟁이, 거짓말쟁이라고 절 왕따 시키고 말 거예요. 제 여자 친군 절 쫌팽이라고 비웃을 거고요.
영수	부모님께서 반대해서 못 나갔다고 해!
현우	그건 말도 안 돼요.
영수	이놈아, 네놈이 텔레비전에 나가 색소폰 부는 것을 네 엄마 아빠가 알아봐, 집안이 발칵 뒤집혀져! 그렇잖아도

네놈에게 색소폰을 가르쳐줬다고 네 엄마, 아빠한테 이 할애비가 얼마나 눈총을 받고 있는지 알기나 해?

현우 걱정 마세요. 엄마 아빠, 텔레비전 잘 안 봐요. 더구나 일요일 아침인 걸요. 이번 일요일도 엄마 아빠, 분명 등산이나 골프장에 가실 거예요.

영수 니 엄마 아빠만 눈이 있는 줄 알아? 니 외가 집 식구들도 눈이 있어.

현우 외가 집 식구들은 일요일마다 별장이나 골프장에 가신다고요.

영수 그럼, 니놈 엄마 아빠 친구들 눈은?

현우 누가 아침 일찍부터 텔레비전 앞에 앉아 있겠어요. 더구나 일요일 아침인데. 다들 어디로 놀려가기에 바쁜 일요일에…….

영수 어쨌든 이 할아버진 절대 반대야!

현우 걱정 마세요. 아무 탈 없이 무사히 넘어갈 거예요.

영수 이 할아버질 이 집에서 쫓아내고 싶음 네놈 맘대로 해라!

현우 걱정 마세요. 감히 누가 할아버질 쫓아내겠어요.

영수 네 엄마, 아빠한테 말할 테다. 네놈이 텔레비전에 나간다고.

현우 할아버지, 그건 안 돼요! 엄마 아빠가 알면, 나 매 맞아 죽어요.

영수 말 안 듣는 놈, 매 좀 맞으면 어때!

현우 이번 방송출연 못하면 전 학교도 못 다녀요. 창피해서요.

영수	그까짓 방송출연 취소했다고 학교를 못 다녀?
현우	큰 소리 꽝꽝 쳤는데 창피해서 어떻게 학교에 가요…….
영수	사람이 살다보면 뜻대로 안된 일이 더 많다고 해라.
현우	(영수의 어깨를 주무르며) 할아버지, 제발 한번만 눈감아 주세요. 할아버지께서 제 편이 아니라고 여겼으면, 애당초 말씀드리지도 않았을 거예요.
영수	이 할아버지가 말썽만 피우는 네놈 편이라고?
현우	이 손잔 언제나 할아버지가 제 편이라고 믿고 있다고요.
영수	꿈 깨라.
현우	할아버지, 이번 방송출연만 끝나면 색소폰과 영원히 이별하고 죽어라고 공부만 할 거예요. 정말이라고요.
영수	그 말을 이 할아버지보고 또 믿으란 게야?
현우	이번엔 진짜 약속할게요. 그까짓 것 정신일도 하사불성이라 했잖아요.
영수	네놈이, 그 말뜻을 알기나 해!
현우	그럼요! 정신만 집중하여 노력하면 이루지 못할 것이 없다!
영수	알고만 있음 뭘 해. 실천을 해야지.
현우	이번엔 진짜 약속한다니까요! 자, 손도장을 찍을 게요. (영수의 손을 억지로 끌어 당겨서 새끼손가락을 걸고 엄지손가락에 도장을 찍는다) 손자가 할아버지에게 한 마지막 약속이에요!
영수	(양보하듯) 정말, 맹세코?
현우	그럼요! 남아일언 중천금!

영수   (금희에게) 여보, 당신 생각은 어때? 한번 믿어봐?

금희   (빙그레 웃으며 고개를 끄덕인다)

현우   두고 보세요. 이 손자, 확 달라질 거예요!

영수   (누그러져서) 경을 칠 놈…….

현우   (영수의 뺨에 키스를 하며) 우리 할아버진 언제나 최고야!

영수   (좋으면서도 뿌리치며) 이놈아, 징그럽다!

현우   (빙그레 웃으며) 괜히 좋으시면서…….

영수   좋긴 뭐가 좋아, 말썽만 피운 놈을!

금희   (빙그레 웃고만 있다)

        사이.

현우   실은, 할아버지께 부탁이 있어 왔거든요.

영수   부, 부탁이라니?

현우   음정이 한두 곳, 고루지 않아서요.

영수   그래서, 이 할애비 보고 음정을 잡아달라고?

현우   물론 거절을 하시겠죠?

영수   앞으론 네놈에게 색소폰 가르쳐 줄 일 없을 게다!

현우   그러시다면 하는 수 없죠. 제 스스로 해결하는 수밖에…….

영수   잔말 말고 어서 가 잠이나 자.

현우   그럴 거예요. (넌지시) 할아버지, 기억해 두셨죠? 일요일 열시, 십 번?

영수	안 볼 건데 기억해 둬서 뭘 해.
현우	전 할아버지한테 자랑하고 싶다고요, 제 색소폰 실력을.
영수	난 안 본다고 했다.
현우	전 믿어요. 할아버지께서 보실 거란 걸.
영수	네놈 맘대로 생각해.
현우	전 알아요. 할아버지께서 괜히 시치미 떼신 것.
영수	할애비 맘은 진짜야.
현우	아무튼 할아버지, 엄마 아빠한텐 비밀, 아셨죠?
영수	할아버지와 한 약속을 지킨다면…….
현우	남아일언 중천금이라 했잖아요.
영수	약속 안 지키면 내 손자가 아니야.
현우	좋아요. 그럼, 전 가서 잘래요. (하고 나가다가 문득 생각난 듯 돌아서며) 아참, 아까 낮에 할아버지한테 전화가 왔었어요.
영수	나한테?
현우	아코디언 할아버지한테서요. 할아버지께서 공원에 나오시지 않아 궁금해서 걸었다면서…….
영수	그래서 뭐라 했느냐?
현우	병원에 가셨다고 했어요.
영수	알았다.
현우	할아버지, 아시죠? 일요일 열시, 십 번.
영수	할아버진 안 본다고 했다.
현우	전 보실 거로 믿겠어요. 그럼 안녕히 주무세요. (하고는 나간다)

영수   (퉁명스럽게) 경을 칠 놈 같으이라고…….

사이.

영수   (다시 색소폰을 닦으며) 여보, 내가 잘못한 거지?

금희   뭐가요?

영수   안 된다고 좀 더 강력하게 반대할 걸.

금희   잘하셨어요. 강력히 반대했다가 혹시 애가 잘못되면 더 큰 일이죠.

영수   허긴, 나도 그런 생각 때문에…….

금희   애들을 매로만 기를 수는 없는 거 아니겠어요.

영수   어쨌든, 저놈, 엄마 아빠 알면 날벼락이 떨어질 텐데…….

금희   무사히 넘어가길 바래야죠.

영수   이번엔 손자 놈이 한 약속을 지킬까?

금희   믿어 보세요. 한번 한다면 하는 놈의 자식 아니에요.

영수   이번 계기로 손자 놈이 색소폰을 끼고 있는 버릇만 없어진다면…….

금희   지 놈도 할아버지와 한 마지막 약속이라 했는데 설마 어기겠어요.

영수   아무튼 걱정이구만, 무사히 넘어가야 할 텐데…….

금희   무사히 넘어가도록 빌자고요.

영수   그렇잖아도 자식 놈과 며느리가 색소폰을 버리라고 성

환데…….

금희   색소폰을 버리라고요?

영수   손자 놈 때문이기도 하지만, 다른 이유도 있어.

금희   다른 이유라니요?

영수   실은, 나, 오늘 병원에 갔었어.

금희   병원에요? 왜요?

영수   그냥 가슴이 좀 답답해서 갔었는데…….

금희   그런데요?

영수   심장이 좀 약하다고 하더군.

금희   심, 심장이요?

영수   응. 그렇다고 앞으론 색소폰을 불지 말래.

금희   그래요……?

영수   그렇다고 애들이 색소폰을 들고 밖에도 못나가게 해.

금희   의사가 그렇담, 그렇게 하셔야지 않겠어요?

영수   괜찮아. 심장이 좀 약하다고 설마…….

금희   괜히 고집 부르시지 마시고요.

영수   괜찮아. 목구멍에서 피를 한 사발이나 쏟고도 색소폰을
불었던 나야!

금희   그때야, 젊었을 때였죠.

영수   지금도 하루 온종일 색소폰을 불어도 끄떡없어.

금희   제발, 고집 그만 부리세요.

영수   그럼, 당신도 색소폰을 버리란 게야?

금희   아쉽지만 어쩌겠어요. 당신 건강을 위해서람.

영수　　난, 색소폰 없인 허전해서 하루라도 못 살아!

금희　　그래도…….

영수　　여러 소리 마. 이 색소폰이 내게 뭔지 몰라?

금희　　알지만…….

영수　　(단호하게) 난 색소폰만은 못 버려!

금희　　(측은하게 영수를 바라본다) 당신 고집은…….

여기에 서서히 암전.

4장. 1장과 같은 장소

다음 날. 한가로운 오후. 순덕, 남자와 여자, 두 인형을 양손에 끼고 인형놀이를 하고 있다. 순덕, 손가락으로 인형을 자유자재로 조정하며 대사를 한다.

여자   성태 씨?

남자   왜?

여자   나, 안 보고 싶어?

남자   보고 싶어도 어쩔 수 없잖아.

여자   난, 성태 씨가 보고 싶어서 눈병이 다 났는걸.

남자   그래도 참아야 돼. 우린 만날 시간이 없잖아.

여자   세상 참 불공평하지. 만나고 싶어도 만날 시간이 없다니.

남자   어쩔 수 없잖아. 먹고 살려면…….

여자   성태 씨도 낮 근무만 했으면 좋겠어.

남자   맘대로 안 되는 게 세상일이야.

여자   우린, 무슨 팔자가 사나워 밤낮 없이 근무해야 돼?

남자   그게 다 없는 자의 설움이지, 뭐.

여자   그래! 우리가 부자였음, 맘대로 만날 수도 있으련만…….

남자   나도 창고 지키는 일, 당장 때려치우고 싶지만……, 어디 일자리가 있어야지. 나도 이젠 밤낮없이 이십사 시간 근무하는 것 정말 지겨워.

여자　　나도 그래. 이젠 밤에도 못 나가게 하는걸, 이 집 사모님이.

남자　　참고 견뎌내자고. 고생 끝에 낙이 온다고 했잖아?

여자　　난 이젠 더욱 꼼짝 못하게 생겼어. 임무가 하나 더 늘었어.

남자　　임무가 하나 더 늘다니? 무슨 임무가?

여자　　감시하는 임무가.

남자　　뭘 감시하는데?

여자　　색소폰을.

남자　　색소폰을?

여자　　이 집안은 눈만 뜨면 색소폰 땜에 전쟁이야.

남자　　색소폰 땜에 전쟁이라니?

여자　　한편에선 색소폰을 불려고 하고, 다른 한편에선 색소폰을 불지 못하게 하고…….

남자　　순덕 씬, 어느 쪽이야?

여자　　내 임문, 불지 못하게 하는 쪽이야.

남자　　그래? 색소폰을 좀 불면 어때서?

여자　　임무를 소홀히 하면 날 쫓아내겠대, 이집 사모님이.

남자　　이상한 집안이군. 그럼 색소폰을 어디다 버리면 되잖아.

여자　　맘대로 버릴 수도 없어. 이집 어른이신 할아버지 물건인걸.

남자　　그렇담, 맘대로 버릴 수도 없겠네.

여자　　이젠, 그런 얘기 그만해. 성태 씨, 나 피곤해…….

남자　인생은 누구나 피곤한 거야.

여자　성태 씨, 내게 키스해줘!

남자　여기, 창고에서?

여자　아무도 없잖아.

남자　안 돼. 금방 사람들이 와.

여자　지금은 없잖아.

두 인형, 서로 얼싸안고 입을 맞춘다. 여자 인형이 남자 인형을 애
무한다.

남자　이러지마. 금방 사람들이 물건을 실러 와.

여자　난, 못 참겠는 걸…… 잠깐이면 돼.

남자　사람들이 오는데…….

두 인형, 서로 껴안고 정사하는 모습. 순덕, 상상하듯 점점 황홀감
에 빠진다.

여자　아이구, 좋아라…… 좋아…….

영수, 주위를 살피며 안에서 살며시 나온다. 가슴에 색소폰을 숨기
듯 안고 살며시 나온다. 그리고 다른 손에는 종이로 포장한 술병을
들었다. 순덕의 눈을 피해 살금살금 출입구 쪽으로 간다. 순덕, 문
득 이상한 느낌이 든 듯 고개를 돌린다.

문 앞으로 나가는 영수를 보자 깜짝 놀란다.

순덕 (황급히) 할아버지!

영수 (놀란 듯 움찔하며 문 앞에 선다)

순덕 (뛰어가 영수 앞을 막으며) 할아버지, 어디 가시려고요?

영수 (멋쩍어서) 응, 좀 답답해서 바람 좀…….

순덕 나가시려면 색소폰을 놓고 나가셔야죠.

영수 괜찮아. 못 봤다고 해라.

순덕 안 돼요. 색소폰을 들고나가시면.

영수 (나가려고 하며) 못 봤다고 하래도.

순덕 그러면 색소폰을 지키지 못했다고 전 쫓겨난다고요.

영수 괜찮아, 괜찮아. 못 봤다고 하면……. (또 나가려고 한다)

순덕 (다시 앞을 막으며) 안 돼요. 근무 태만하면 사모님 절 쫓아
낸다고 했다고요.

영수 (은근히 화가 치민다) 시아비가 나가겠다는데 며느리가 어쩌
겠어?

순덕 나가시려면 사모님 허락받고 나가세요. 전화할게요.

영수 시아버지가 일일이 며느리 허락을 받으란 말이냐?

순덕 다 할아버지의 건강을 위해서죠. 요즘 세상에 그렇게 효
성이 지극한 며느리가 어디 있겠어요.

영수 흥? 시아비를 꼼짝도 못하게 가둬둔 며느리가 효성이 지
극해?

순덕 누가 가둬났어요. 색소폰만 놓고 나가시라고 했지.

영수	색소폰 없이 어딜 가 뭘 해, 재미없게!
순덕	꼭, 공원에 가셔서 색소폰 부시는 것만이 재미가 아니잖아요?
영수	(밖으로 나가며) 비켜라. 그냥 못 봤다고 해!
순덕	(막으며) 안 돼요, 할아버지! 사모님께서 알면…….
영수	그냥, 나가는 걸 못 봤다고 하래도, 못 봤다고!
순덕	안 돼요. 어제도 현우가 색소폰을 껴안고 있었다고 제가 얼마나 야단을 맞았는지 아세요? 한번만 더 색소폰을 지키지 못하면 절 쫓아낸다고 했다고요.
영수	허어! 못 봤다고 하래도 그래!
순덕	안 돼요. 할아버지, 전 쫓겨나면 갈 데도 없어요.
영수	그냥 나갔다고 해. 색소폰을 들고 나가지 않았다고.
순덕	그러면 사모님께서 할아버지 방을 확인하지 않을 것 같아요?
영수	감히 며느리가 시아버지 방을 확인을 한단 말이냐?
순덕	(애원하듯) 제발! 색소폰만 놓고 나가세요! (은근히 색소폰을 빼앗으며) 제발! (갑자기 울먹이며) 할아버지, 제가 쫓겨나면, 울 엄마 죽어요. 할아버지께서도 아시잖아요. 병원비가 없으면 울 엄마 죽는다는 걸.
영수	(색소폰을 놓지 않으려고 버티며) 허어, 그냥 나갔다고 해. 그 냥…….
순덕	안 돼요, 할아버지…….

영수와 순덕, 서로 실랑이를 하고 있는데 선영이가 들어온다.
선영, 실랑이를 하고 있는 두 사람을 잠시 쏘아본다.

선영   (쏘아붙이듯) 아버님!

두 사람, 선영의 소리에 움칫한다.

선영   아버님께 그만큼 말씀드렸잖아요!

영수, 멋쩍어 한다. 그 틈에 얼른 색소폰을 빼앗는 순덕.

선영   나가시려면 색소폰을 들고 가시면 안 된다고 했잖아요?
영수   …….
선영   아버님 건강을 챙기는 제 맘도 조금은 헤아려 주셔야죠!
영수   (묵묵히 문 쪽으로 간다)
선영   어딜 가시려고요?
영수   ……. (문을 열고 나간다)

사이.

선영   보기도 싫다, 색소폰을 어서 갖다둬라.
순덕   네에. (색소폰을 들고 안으로 들어간다)

전화벨이 울린다.

선영   (수화기를 든다) 여보세요? (금방 얼굴이 밝아지며) 아, 부녀회장
님이세요…… 뭘요, 수고라니요. 의당히 해야 할 일인걸
요. 우리가 오갈 데 없는 노인들을 돕지 않으면 누가 돕
겠어요…… 그럼요. 노인들을 공경해야죠. 우리도 언젠
가는 사회사업이고 노인이 될 건데요, 뭐 그럼요. 불우한
노인들을 돕는 것도 말고요…… 뭐라고요? 내일은 종묘
공원에 가자고요?…… 약사협회와 공동으로요? 우린 음
료수와 빵을 나눠주자고요? 좋지요. 언제든지 말씀만 하
세요. 언제든지 회장님의 뜻을 따라 몸을 아끼지 않을
게요…… 뭘요. 그럼 내일 봬요. (전화를 끊고 잠시 생각한다.
혼자 말처럼) 왜, 하필이면 종묘공원이람! 젠장!

서서히 암전.

5장. 종묘공원

종묘공원은 각처에서 모여드는 노인들로 인산인해를 이루는 곳이다. 노인들은 이곳에 모여 허전하고 외로운 마음을 달랜다. 한쪽에선 노래를 부르고 한쪽에선 춤도 추기도 하고 또 다른 한쪽에서 사람들이 모여 서로 자기 주장을 펴가며 얘기도 한다. 한마디로 이곳은 오고 갈 데 없는 노인들의 피난처이자 안식처이다.

어둠 속에서-여기저기서 시끌벅적하게 들리는 소리들. 노랫소리, 고함소리, 앰프를 통해 들려오는 노랫소리. 저 멀리서 징소리, 북소리, 꽹과리소리도 들린다. 노인들의 외로움과 아픔을 토해내는 소리들이다. 이런 소리와 함께 무대 밝아지면-종묘공원. 황혼 무렵. 철민(70세쯤), 벤치에 홀로 쓸쓸하게 앉아서 술을 마시고 있다. 그는 영수의 친구다. 남루한 옷차림에 초췌한 모습. 아직 케이스에 넣지 않은 아코디언이 곁에 놓여 있다. 조금 전까지만 해도 아코디언 연주를 한 듯 보인다. 얼큰히 취한 모습. 그래도 연거푸 소주를 따라 마신다. 옆에 놓인 안주를 입에 넣고 씹는다. 잠시 후, 맺힌 한을 토해내듯 쉰 목소리로 노래를 부른다. 노래라기보다는 절규에 가까운 소리다.

청춘을 돌려다오./ 흐르는 내 인생에 애원이란다/ 못 다한 그 사랑도 태산 같은데/ 가는 세월 막을 수는 없잖느냐 노래를 끝내지도 않고 중단하며 다시 술을 따라 마신다.

철민　(울분을 토하듯) 제기랄! 제기랄……!

여자(50세쯤), 핸드카를 밀고 등장. 핸드카 위에는 큼직한 앰프가
실려 있다. 울긋불긋하고 남루한 옷차림에 짙은 화장을 했다. 머리
에는 형형색색의 꽃을 꽂고 있다. 언뜻 보아도 우스꽝스러운 어릿
광대처럼 보인다. 여자는 손에 든 마이크를 입에 대고 말을 한다.

여자　공원에 계신 노인장 여러분! 오늘도 이동식 노래방이 왔
　　　습니다. 노래를 부릅시다. 즐겁게 노래를 불러 가슴속에
　　　맺힌 한을 날려버리십시오! 가슴속에 한이 쌓인 사람은
　　　장수할 수가 없습니다. 노래를 불러 한을 날려버리십시
　　　오! 외롭게 앉아만 계시지 말고 힘을 내십시오. 인생은
　　　어차피 허무하다고 했습니다! 즐겁게 노래를 불러 쌓인
　　　허무를 날려버리십시오! 노래를 불러…….

철민　(여자를 바라보고 있다가 큰소리로) 어히, 노래방!
여자　(비로소 철민을 보고) 아휴, 깜짝이야!
철민　그만 짖어대. 목이 터지도록 짖어대봤자야!
여자　웬 술타령이시래요, 해도 떨어지지 않았는데?
철민　해가 안 떨어졌을 땐 술 마시면 안 돼?
여자　그만 마시세요. 얼큰히 취하셨네요.

철민	노래방도, 한잔 할래?
여자	한잔 주실래요?
철민	앉아. (여자, 앉는다) 자. (잔에 술을 따르며) 많이 벌었어?
여자	웬걸요. 이 짓도 이젠 종쳤네요. 앰프를 들고 나온 사람들이 어디 한둘이어야죠. 심지어는 여자 도우미까지 몰고 와서 노인들을 꼬셔대는데, 이젠 정말 굶어죽게 생겼어요. (하고는 단숨에 술잔을 비운다)
철민	다들 세상 살기가 팍팍해서 그렇지 뭐. 자, 안주. 멸치야.
여자	(멸치를 받아 입에 넣고는) 제 술 한잔 받으세요?
철민	(술잔을 받는다) 허! 세상 오래 살고 볼일이군 그려.
여자	왜요?
철민	노래방이 따라주는 술을 다 마셔보다니…….
여자	(잔에 술을 따르며) 어머, 언제 제가 술 안 따라줬어요?
철민	언제나 색소폰 영감만 챙겼잖아?
여자	(웃으며) 어머, 친구 사이에 질투하시나봐.
철민	내게도 눈길 한번 줘봐! (술을 마신다)
여자	제가 언제 아코디언 영감님께 눈길 안 줬어요?
철민	따뜻한 눈길, 따뜻한…….
여자	(웃으며) 별 말씀을…… 그런데, 색소폰 영감님은요?
철민	안 나온 지 서너 날 됐어.
여자	어디 아프신가요?
철민	그런가 봐. 손자한테 병원에 갔다는 말만 들었어.
여자	병, 병원에요?

철민 응. 내일쯤 찾아가볼까 해.

여자 그래서, 혼자서 술을 마시고 계셨군요.

철민 그냥, 이래저래 맘이 그래서…….

여자 친구가 아프시다니 맘이 오죽하겠어요. 죽마고우나 진배없는 친구가 아니에요.

철민 글쎄, 많이 아프진 말아야 할 텐데…….

여자 글쎄 말이에요. 이 세상에 그토록 서로의 맘을 알아주는 친구가 몇이나 있겠어요. 그렇게 서로의 맘을 알아주는 친구니까, 색소폰과 아코디언이 어울리면, 그토록 멋진 음악을 공원 사람들에게 들려주는 거 아니겠어요.

철민 자, 한잔만 더 해? (술을 따라준다)

여자 술 취하면 장사 못해요.

철민 오늘 못 벌면 내일 벌면 되지, 뭐.

여자 오늘 못 벌면 내일은 굶어죽어요, 전.

철민 알아, 고생이 많은 줄…….

여자 (술을 마시고는 잔을 철민에게 준다) 한잔 더 따라드릴게요.

철민 (술잔을 받으며) 험한 세상, 서로서로 위로하며 살아가자고.

여자 그래야죠. 그런데 세상 사람들은 그렇지 않은 것 같아요.

철민 다 자기밖에 모른 세상이 돼버려 그렇지, 뭐. (단숨에 술잔을 비운다)

여자 그래요. 세상이 점점 살벌해져 가요. (일어난다) 전 이만 가볼래요. 술 잘 마셨어요.

철민 그래, 많이 벌어.

여자　　　(핸드카를 끌며) 내일은 꼭 색소폰 영감님께 가보세요.

철민　　　그럴 거야.

여자　　　술 많이 드시지 마시고요.

철민　　　…….

여자　　　그럼. (핸드카를 끌고 들어오는 반대쪽으로 나간다. 다시 마이크를 든다) 공원에 계신 노인장 여러분! 이동식 노래방이 왔습니다! 노래를 부릅시다! 즐겁게 노래를 부릅시다!

여자의 마이크 소리가 멀어진다. 철민, 무슨 생각 속에 잠시 잠긴다. 다시 잔에 술을 따라 단숨에 마신다. 영수, 여자가 나가는 반대쪽에서 들어온다. 그의 손에는 종이로 싼 양주병을 들었다. 영수, 가서 철민의 어깨를 툭 친다. 철민, 깜짝 놀라 영수를 쳐다본다.

영수　　　돈벌인 않고 술타령이야?

철민　　　(반가워서) 어어, 안 죽고 살았네!

영수　　　그럼, 친구 죽기라도 바랬어?

철민　　　(농담조로) 난, 저승사자에게 잡힌 줄만 알았지.

영수　　　(피식 웃으며) 싱거운 사람…….

두 사람 웃는다.

철민　　　그래, 저승사자가 언제쯤 올 거래?

영수　　　오려면 아직도 한참 멀었대.

철민　　　정말이야?

영수　　　이 사람, 친구 말도 못 믿어?

철민　　　그래? 난, 괜히 부조금 걱정했구먼.

영수　　　친구 부조금 걱정한 사람이 앉아서 술타령이야?

철민　　　신이 나야 아코디언을 켜고 싶지.

영수　　　왜? 내가 없어서?

철민　　　그럼, 한쪽 날개가 없는데 신이 날 리 있겠어?

영수　　　꼭 아코디언과 색소폰이 어울려야 신이 난 게야?

철민　　　새도 짝이 있어야 신명난 소리를 낸다는 걸 몰라?

영수　　　(웃으며) 이 사람, 갖다 붙이긴 잘도 갖다 붙인다.

철민　　　(우스운 듯 웃는다)

사이.

영수　　　(벤치에 앉는다. 종이를 벗기고 양주병을 꺼낸다) 소주병 치워.

철민　　　(양주병을 보고 놀라며) 이거 뭐야? 양주 아녀?

영수　　　그래. 자네와 한잔 하려고 아들놈 것을 슬쩍했어.

철민　　　(양주병을 들고 보며) 우아, 목구멍이 놀래겠는 걸.

영수　　　노래방은 안 왔었어?

철민　　　방금 왔다 돈 벌러 갔어.

영수　　　같이 한잔 하려고 했었는데…… 어서 마개를 따.

철민　　　(병마개를 이리저리 보며) 이거, 어떻게 따는 거야?

영수　　　촌사람, 이리 줘. (철민에게서 병을 받아 쉽게 병을 딴다)

철민	역시 양주를 마셔본 사람은 다르군, 그려.
영수	자, 한 잔. (소주잔을 준다) 받아. (술을 따른다)
철민	안주가 멸치뿐인데.
영수	원래, 양주는 안주 없이 마시는 거야. 마셔?
철민	(단숨에 마신다) 하, 좋다! 목구멍이 화한 것이…….
영수	(빙그레 웃으며) 소주맛과 다른가?
철민	암! 다르다 뿐인가…… (잔을 건너 주며) 자, 자네도 한 잔.
영수	(잔을 받으며) 난, 조금만 줘.
철민	(잔에 술을 따르며) 역시 자넨 내 친구야.
영수	(웃으며) 이 사람, 양주 한 잔에 새삼스럽게.
철민	그럼, 안 그런가? 우리가 몇 년 지기 친군가?
영수	사십 년 지기 친구지, 뭐.
철민	이 사람아, 오십 년일세. 오십 년!
영수	글쎄, 난 세월 셀 틈이 없어서……. (술을 마신다)
철민	우리가 군대, 군악대 시절, 악극단 시절을 따지면…….
영수	오십 년이 됐단 말인가?
철민	강산이 다섯 번이나 변했어!
영수	그래? 세월은 유수와 같다더니 어느 새…….
철민	글쎄 말이야. 우리가 만난 지가 엊그제께 같은데…….
영수	(느끼듯) 그동안 숱한 고생을 했지, 우리…….
철민	(느끼듯) 그래! 악극단 시절에 고생이 더 많았지. 흥행이 안 돼 굶기를 양반 밥 먹듯 했고, 여관방에서 쫓겨나 길바닥에서 자는 적이 어디 한두 번이었던가?

영수   (느끼듯) 그래!

철민   그래도 우리가 악극단 그만두고 밤무대 뛸 때가 좋았지. 고생은 됐지만, 입에 풀칠은 할 수 있었으니까.

영수   그때야, 우리가 동분서주했으니까 밥이야 먹을 수 있었지. 자, 한잔 더 하게.

철민   그래. (영수가 따라준 술을 단숨에 마신다) 그런데 말이야! 그토록 지긋지긋하게 고생을 했으면서도 그 세월들이 그리워질 때가 있단 말이야…….

영수   그러게 사람은 늙어도 추억은 늙지 않는다고 하지 않던가?

철민   그런가 봐. 그때가 그리워져…… 아주 생생하게 생각나면서…….

영수   그게 그 사람이 살아온 인생이니까 그렇지, 뭐.

철민   그러고 말고. 그 추억들이 살아온 인생이고말고…… (술병을 잡으며) 자네, 한잔 더 해.

영수   아니야, 난 그만할래.

철민   그럼, 나만 한잔 더 하겠네. (잔에 술을 따른다)

영수   좀 남겨둬. 이따 노래방과 한잔 하게.

철민   자네가 여자를 챙길 때도 다 있네, 그려.

영수   그 여자도 불쌍한 여자야. 홀몸으로 자식 대학 가르치랴…….

철민   그래! 대단한 여자지. 외모는 마치 정신 나간 사람처럼 보이지만…….

영수　　난, 노래방을 보면 죽은 마누라 생각이 나.

철민　　그럴 걸세! 자네 마누라도 억척같은 여자였지. 자식 하나 가르치려고…….

영수　　…….

철민　　그런데, 이제 보니 색소폰도 없이 왜 빈손으로 왔는가?

영수　　응, 그냥 두고 왔어.

철민　　허! 해가 서쪽에서 뜰 일이네. 자네가 공원에 나오면서 빈손으로 오다니?

영수　　그런 날도 있지.

철민　　참으로 모를 일이네. 자넨 하루라도 색소폰을 불지 않곤 하루의 해를 넘기기 어려운 자네가 아닌가? 그런 자네가…….

영수　　이 사람이, 그냥 놓고 왔대두.

철민　　그리고 술자리에 앉으면 그때마다 자네가 입버릇처럼 내게 말했었네. 이 색소폰 안엔 자네 한평생 인생이 들어 있다고, 죽은 마누라도 들어 있다고. 그래서 자네가 색소폰을 불고 있노라면 죽은 마느라가 바람처럼 나타나 색소폰 연주에 맞춰 함께 노래 부른다고. 그래서 오늘도 즐거웠다고…….

영수　　…….

철민　　여보게 어디 아픈 게 아냐?

영수　　괜찮아. 그리고 어디 좀 아프다고 색소폰을 불지 못할 난가? 목구멍에서 피를 토하고 색소폰을 불었던 날세.

철민 이 사람아, 그때야 우리가 젊었을 때지. 우리가 젊었을 때야 낮엔 환갑, 칠순, 팔순잔치 할 것 없이 온종일 여기 저기 뛰어다니고도, 밤이면 이 업소 저 업소 쫓아다니며 새벽까지 나팔을 불고 아코디언을 켰어도 아침이면 오 뚝이마냥 끄떡없이 일어날 수 있었지만…… 지금, 우리 나이가 얼만가? 고희네, 고희!

영수 지금도 온종일 불어도 끄떡없어!

철민 이 사람아, 어디 아프면 아프다고 고백하게. 괜히 고집 부리지 말고. 이 사람아, 자네 마누라를 생각해 보게. 그 때도 의사 말 듣고 무리하게 일하지만 않았더라면 노래 부르다가 무대에서 쓰러지지도 않았을 것 아닌가?

영수 괜한 얘기 꺼내지 말게.

철민 물론 그때, 그렇게 무리하게 뛰지 않았으면 자식 놈도 가르칠 수 없었겠지만…… 그래도 병원 의사말만 들었 더라도…….

영수 …….

철민 나도 자네가 색소폰을 불 수 없다면, 나도 가슴이 아플 거야. 한 평생을 자네 옆에서 아코디언을 켜온 난데, 그 런데 자네가 내 옆에 없다면 내 맘이 편하겠는가?

영수 …….

철민 (술을 따라 단숨에 마신 다음) 사실 난, 자네에게 한 번도 말 은 하지 않았지만, 난, 자네가 늘 부러웠네. 나도 이 아코 디언을 평생 동안 끼고 살아 왔지만, 난, 자네가 자네의

71

색소폰에게서 느낀 감정을 느끼지 못했네. 그냥, 내 손 때 묻은 물건이구나, 한 것밖에…… 그 이상 애착이 없네. 그것은 자네와 내가 인생을 살아온 차이라고 보네. 난 인생을 성실하게 살아온 사람만이 자기가 살아온 과거를 챙기는 법일세. 그런데 난, 자네처럼 인생을 성실하게 살질 못했네. 난, 내 인생에서 애착을 가질만한 과거가 없네. 한평생을 살았는데, 아끼고 간직하고 싶은 과거가 없다는 것은 인생을 헛살았다는 얘기가 아니겠는가?

영수   이 사람, 별소릴 다하는군. 자네가 왜 인생을 헛살아?

철민   실은, 어제도 집에 들어가지 않았네. 공원에서 잤어. 들어갈 수가 없었네. 들어가기가 싫어서…… 자식 놈이 딴따라 애비 둬 지 놈이 요 모양 요 꼴이라고 눈을 부릅뜨고 대드는 꼴이 보기 싫어서…… 그게 다 내 탓이네. 자식 놈한테 천대받는 것도 내 탓이고, 한 세상을 살았으면서도 이 세상에 내 것이 어느 것도 없는 것도 내 탓이네…… 나도 뭔가를 붙들고 싶네. 간절하게 붙들고 싶네. (자기 가슴을 주먹으로 치며) 나, 박철민이가, 이 박철민이가 한 세상을 살았다는 증표를 말일세! 그런데 아무리 생각해도 날 위안해 줄만한 것이 아무 것도 없어. 기가 막힐 노릇 아닌가? 이 박철민이가 한 평생을 살았는데, 나를 증명해줄 것이 어느 것도 없다는 것은…… (조용히) 난, 내 자신이 미워죽겠네. 죽이고 싶도록 밉네…… (다시 부르짖듯) 마구 패주고 싶단 말일세! 마구! 이렇게, 이렇게, 이렇게, 이렇게…… (하며 자기 손으로 자기 뺨을 때린다. 여러 번 때린다. 마침내 고개를 떨어뜨리며 흐느낀다) 죽도록 밉단 말일세.

영수　(마치 자기 자신을 말해주는 듯 넋 나간 사람마냥 멍하게 있다가) 이 사람아, 그만 진정하게. 진정해.

철민　(감정을 추스리고 술을 마신다)

여자, 핸드카를 끌고 들어온다.

여자　(여전히) 노래를 부릅시다! 즐겁게 노래를 부릅시다! 한 많은 인생…… (하다가 영수를 보자 반가워한다) 아니, 색소폰 영감님!

영수　(미소를 보이며) 그래, 많이 벌었는가?

여자　다리만 아파 죽겠어요. 병원에 가셨다고 하시더니?

영수　괜찮아. 아무 탈 없대.

여자　다행이네요. 얼마나 걱정했다고요.

영수　(분위기를 바꾸려는 듯) 노래방?

여자　예?

영수　노래방의 십팔 번 한번 불러줘.

여자　제 노래가 듣고 싶으세요?

영수　(만 원짜리 지폐를 두 장 꺼내준다) 자, 노래 값.

여자　돈은 안 주셔도 돼요.

영수　자, 받아.

여자   (받으며) 이렇게 많이요.

영수   어서 신나게 불러봐.

여자   가슴이 후련하시게 불러드릴게요! (폼을 잡고 노래를 부른다)

청춘을 돌려다오/흐르는 내 인생에 애원이란다/못 다한 그 사랑도 태산 같은데/가는 세월 막을 수는 없잖느냐/ 청춘아 내 청춘아 어디 가느냐

여자가 노래를 부른다. 철민, 연거푸 술을 마시고 있다. 여자의 노래가 끝날 무렵,

서서히 암전.

제6장. (4장과 같음)

거실. 밤. 광호, 소파에 앉아서 신문을 뒤적거리고 있다. 이윽고 초
인종 소리—순덕, 안에서 나와 가서 문을 열어준다.

순덕 이제 오세요?

영수 (들어오며) 응.

광호 (자리에서 일어나서) 어디 갔다 오세요?

영수 일찍 들어왔구나.

광호 예, 요즘은 좀 한가해서요.

영수 (순덕에게) 나, 물 한 잔 다오.

순덕 네. (안으로 들어간다)

광호 여기 앉으세요.

영수 (소파에 앉으며) 애민, 아직 안 들어왔냐?

광호 예, 아직요.

영수 ······.

광호 (넌지시) 적적하시죠?

영수 괜찮다.

순덕, 물 컵을 탁자 위에 놓고 나간다. 영수, 목이 탄 듯이 물을 마
신다.

광호	이번 일요일엔 어머님 산소에나 다녀오세요.
영수	…….
광호	어머니께서도 반가워하실 거예요.
영수	(어떤 생각 속에서) 너희들도 같이 갈 테냐?
광호	저희들은 안 돼요. 일요일에 결혼식이 있어요.
영수	결혼식이?
광호	예. 처가 집 친척 결혼식이.
영수	결혼식이 몇 신데?
광호	열두 시예요.
영수	열두 시?
광호	그냥 아버지 혼자서 다녀오세요.
영수	(어떤 생각 속에서) 다음에 가마.
광호	왜요? 삼 일이 멀다하고 가시더니만…….
영수	그냥…….
광호	(빙그레 웃으며 넌지시) 어머니하고 싸우셨어요?
영수	나도 일이 있다, 일요일엔.
광호	아버지, 너무 마음 아프게 생각하지 마세요.
영수	…….
광호	색소폰을 못 부시게 한 것도 다 아버지의 건강을 위해서…….
영수	그 얘긴 그만해라.
광호	물론, 현우 관계도 있겠지만 더 큰 이유는…….
영수	그만하래도, 그 얘긴.

| 광호 | ……. |

초인종 소리. 순덕, 나온다. 가서 문을 열어 준다. 선영, 들어온다.
선영, 큼직한 전자제품 상자를 안고 들어온다.

선영	(순덕에게) 이거 좀 받아라.
순덕	(받으며) 이게 뭐예요?
선영	전자제품이야. (광호에게) 일찍 들어왔네요.
순덕	사모님, 이거 어디다 놔요?
선영	상자에서 꺼내 텔레비전 옆에 올려놔라.
광호	저게 뭔데?
선영	방향기이에요.
광호	방향기가 뭐야?
선영	향기를 뿜어내는 방향기도 모르세요?
광호	향기를 뿜어내는 방향기……?
선영	집안에 고리탑탑한 냄새 땜에 견딜 수가 있어야죠.
광호	집안에 무슨 냄새가 난다고 그러는 거야?
선영	당신 코는 냄새도 맡지 못한 콘가 보군요.
광호	공기청정기만 있으면 됐지, 무슨 방향기야?
선영	공기청정기론 냄새를 막을 순 없으니까 사왔죠.
광호	흥! 당신은 별난 코를 가진 모양이군!
선영	(순덕에게) 진열장 위에 설치하고 전기코드를 꽂아라.
순덕	(방향기를 설치하며) 알았어요.

광호　(어안이 벙벙해서 말문을 찾지 못하고 있다)

영수　(방향기를 사온 것이 자기 때문이란 걸 직감한 듯이 침울하다)

선영　(비로소 영수에게) 아버님, 몸은 좀 어떠세요? 색소폰을 부시지 않으시니까 몸이 좀 좋아지신 것 같지 않으세요? 그렇게 얼마만 지내시다보면 건강도 좋아지시고 색소폰도 잊혀지게 될 거예요. 그리고 공원 같은 데도 가시지 않게 되실 거구요.

영수　…….

선영　아버님, 내일은 빈손이라도 종묘공원에 가시면 안 돼요. 내일, 저희 봉사단에서 종묘공원으로 봉사하러 가거든요. 아셨죠, 아버님?

영수　(마지못하듯) 알았다.

선영　(순덕에게) 설치했음 켜봐라.

순덕　켰어요. (뿜어 나오는 냄새를 맡으며) 냄새가 향긋하네요.

선영　라일락 꽃 향기야.

순덕　라일락 꽃 향기요?

선영　그래.

광호　…….

영수　……. (묵묵히 있을 뿐)

서서히 암전.

제7장. 일요일 오전

거실. 어디선가 들려오는 시계의 초침소리. 다급하게 돌아가는 초침소리와 함께 무대 밝아지면— 영수, 안절부절 못하고 초조하게 왔다 갔다 하고 있다. 얼마 후, 시계의 초침소리 서서히 사라진다. 광호, 외출복 차림으로 안에서 나온다. 영수, 광호를 보자 안정을 찾으려고 애쓴다.

광호 (나오며) 왜 아침을 거르세요.

영수 그, 그냥, 밥맛이 없어서다.

광호 그럴수록 조금이라도 드셔야죠.

영수 먹고 싶으면 이따 먹으마.

광호 꼭꼭 챙겨 드셔야 해요, 건강을 해치지 않으시려면.

영수 벌써, 예식장에 가려고?

광호 (시계를 보며) 열두 시니까, 시간은 조금 있어요.

영수 어딘지 모르지만 서둘러라.

광호 한 시간쯤 있다가 출발해도 돼요.

영수 시간을 넉넉하게 잡아라. 요즘은 교통이 막히면 한 시간 거리가 두 시간도 더 걸릴 때가 많다더라. 아, 일생에 한 번 있는 결혼식인데 늦게 도착한다면 무슨 낭패냐?

광호 오늘은 일요일이라 길이 그리 막히진 않을 거예요.

선영, 외출복 차림으로 안에서 나온다. 순덕이도 따라 나온다.

광호   (선영에게) 준비 끝났어?

선영   대충요. (광호의 모습을 보고) 넥타이가 그게 뭐예요?

광호   이 넥타이가 어때서?

선영   하늘색 체크 무늬 있잖아요?

광호   난, 이게 더 좋은데…….

선영   촌스럽긴. 어서 들어가 그걸로 바꿔 매세요.

영수   (얼른) 어떠냐? 내가 보기엔 좋은데…….

선영   원, 아버님도…… 어서요?

광호   아니야, 난 이것이 좋아.

선영   이렇게 맘이 안 맞는다니까. (순덕에게) 니가 가서 가져 오너라.

순덕   그럴게요. (안으로 들어간다)

선영   하늘색 체크 넥타이야.

순덕   (들어가며) 알아요.

사이.

선영   일요일인데, 아버님께서도 바람이나 좀 쐬려 가세요?

영수   이따 생각해봐서 가마.

선영   종묘공원엔 가시지 마시고요. 이틀 전 제가 종묘공원에 봉사 차 갔었는데, 아버님이 안 보여서 제 맘이 무척 편

했어요.

영수   …….

선영   아버님, 이젠 제발 공원 같은데 가시지 마세요. (지갑을 열어 수표를 두세 장 꺼내서 영수에게 주며) 아버님, 이것 쓰세요. 아버님께서 쓰시고 싶은 대로 쓰세요. 맛있는 것도 사드시고, 뭘 사고 싶으면 사시고요. 자요?

영수   나, 돈 있다.

광호   받으세요.

영수   (받는다)

순덕, 넥타이를 들고 나온다.

순덕   이거죠. (선영에게 준다)

선영   응. (받아서 광호에게 주며) 이걸로 바꿔 매세요.

광호   (받으며) 난, 지금 맨 것이 좋은데…….

선영   당신은 세련이 뭔지도 모르니까 그렇죠.

광호   (넥타이를 매) 이 넥타인 목에 걸면 그만이지만…….

선영   아직도 넥타이를 못 매시다니……. (넥타이 매는 것을 도와준다)

광호   (넥타이를 매) 그런데, 현우는 아직까지 자는 거야?

선영   (여전히 넥타이를 매주며) 학원에 갔어요.

광호   학원엘 가?

선영   시험이라고 보충해야 한다나요.

광호 해가 서쪽에서 뜨겠군. 일요일 아침부터 공부라?

선영 모르죠. 이번엔 전교에서 중간하겠다고 약속을 했으니까.

광호 반에서도 중간 못간 놈이 전교 중간?

영수 아니다. 현우도 한다면 하는 놈이다.

선영 그런데, 엉뚱한데 의지가 강하니 탈이죠.

영수 …….

선영 (넥타이를 다 매주고) 얼마나 세련되고 멋져요. 그렇죠, 아버님?

영수 (건성으로) 그래, 좋구나. (쫓아버리려는 듯) 어서어서 출발해라. 시간 늦겠다. 중요한 일일수록 시간은 넉넉하게 잡아야 한다.

광호 (선영에게) 그러지. 슬슬 출발하자고.

선영 그러죠. (순덕에게) 현우 오면 나가지 말고 공부하라고 해라.

순덕 알겠어요.

광호 (영수에게) 그럼, 다녀올게요.

영수 오냐, 어서 가거라.

선영 아버님, 꼭 공원엔 가시지 마세요?

영수 오냐. 안 가마.

선영 순덕아, 갔다 오마. (하며 순덕에게 의미 있는 눈짓을 한다)

순덕 (역시 눈짓을 선영에게 보내며) 알았어요.

두 사람, 문 앞으로 나가자, 전화벨 소리.

영수　(얼른) 내가 받으마. (수화기를 든다)

선영　(가다 말고 돌아서며) 아녜요. 제가 받을 게요. 엄마일 거예요.

영수　(어쩔 수 없이 수화기를 선영에게 넘겨준다. 불안하다)

선영　여보세요? (반가워서) 엄마야? 지금 예식장으로 출발하려던 참이야…… 뭐라고? 현우 어디 있느냐고? 시험이라고 학원에 갔어요…… 지금 무슨 뚱딴지 같은 소리야. 누가 애를 딴따라 만들려고 해?…… 뭐, 뭐라고요? 현, 현우가요……? 지금요……? 엄마, 그, 그게, 정, 정말이야……? (갑자기 현기증이 난 듯 비틀거리며 수화기를 놔버린다. 가슴을 움켜잡고 금방 쓰러질 것만 같은 모습이다.

영수, 직감하고 죄진 사람처럼 얼굴이 하얗게 변해 있다.

광호　(의아해하며) 여보, 왜 그래?

순덕　(역시) 사모님, 왜 그러세요?

선영　(손을 허우적거리며) 테, 텔레비…… 테, 텔레비…….

광호　텔레빈, 왜?

선영　(버럭) 텔, 텔레비를 켜 봐요, 당장!

광호　텔레빈, 왜……?

선영　현우가 색소폰을 불고 있대요! 현우가요!

광호　뭐? 현우가?…….

선영　어서 텔레비를 켜 봐요! 어서!

순덕　(황급히 리모컨을 찾는다) 리모컨, 리모컨이 없어요. 리모컨이…….

선영 리모컨이 없음, 전원 스위치를 눌러봐!

순덕 (전원 스위치를 여러 번 눌러본다) 불이 안 들어와요, 불이.

선영 뭐? 불, 불이 안 들어와……?

순덕 아무리 눌러도 안 들어와요. 전원코드가 빠졌나 봐요? (얼른 텔레비전 뒤를 살피며) 역시 전원 코드선이 빠졌는데요.

선영 뭐, 전원 코드선이 빠져 있어?

광호 ……. (직감하고 외면하고 있는 영수를 바라본다)

영수 ……. (체념이라도 하듯 묵묵히 서 있을 뿐)

순덕 전원코드를 꽂았어요. (전원 스위치를 켠다) 이젠 됐어요.

텔레비전의 화면이 보인다. 이리저리 채널을 돌려본다. 아무리 돌려봐도 다른 장면만 나올 뿐, 현우가 색소폰을 연주하는 장면은 나오지 않는다.

순덕 나오지 않는데요. 벌써 지나가 버렸나 봐요.

광호 (견딜 수 없다는 듯이 큰 소리로) 그만 꺼!

순덕, 텔레비전의 스위치를 끈다. 잠시 어색한 침묵이 흐른다. 선영, 뭔가 직감하고 영수를 쏘아본다. 영수, 묵묵히 서 있을 뿐.

선영 (쏘아붙이듯) 아버님?

영수 …….

선영 아버님께선 아시고 계셨죠?

영수 (시치미를 떼며) 뭐, 뭘 말이냐?

선영 현우가 방송국에 나가 색소폰 분다는 것 말예요?

영수 나, 나도 모르는 일이다…….

선영 그런데 왜, 텔레비전 코드선이 빠져 있죠?

영수 (궁색하게) 글, 글쎄다. 나도 그게 궁금하구나.

선영 (다그치듯이) 아버님께서 코드 선을 뽑으신 거죠?

영수 아, 아니다, 난!

선영 그런데 왜 엊저녁까지도 멀쩡한 텔레비가 안 나오죠?

영수 글쎄, 그게 나도 궁금하다고 하지 않았느냐?

선영 아녜요, 분명 아버님께서 텔레비전 코드 선을 뽑았어요.

영수 아, 아니다. 생사람 잡지 마라…….

선영 (쏘아붙이듯) 아버님? 끝끝내 부인하실 거예요?

영수 뭐, 뭘 부인한다는 게냐?

선영 (쏘아보며) 아버님, 그게 꼭 아버님의 소원이세요?

영수 소, 소원이라니……?

선영 하나밖에 없는 손자가 딴따라 되는 것이 아버님의 소원이시냐고요?

영수 무, 무슨 말을 그렇게 하느냐…….

선영 분명, 아버님의 맘속엔 그런 맘을 품고 계신 거예요. 아버님께서 평생을 나팔 불며 사셨으니, 손자도 그렇게 만들고 싶으신 마음이…….

영수 말을 그렇게 함부로 하지 마라…….

선영　아니시라면, 왜 수렁으로 빠져들어 가고 있는 손자의 손을 잡아주지 않으시죠? 손자가 수렁으로 기어 들어가면 할아버지로써 손자의 손을 잡아줘야 도리가 아니냐고요? 도리가!

광호　(듣다 못한 듯) 그만해! 무슨 말을 그렇게 해, 아버님께!

선영　(제압하듯이) 당신은 잠자코 있어요! 오늘은 할 말은 해야겠어요!

광호　무슨 말을 하겠단 게야!

선영　(더욱 큰소리로) 오늘은 결판을 내야겠다고요! 결판을!

광호　무슨 결판을 내겠단 거야? 현우 놈이 결단력이 없어서 그렇지!

선영　당신은 언제나 현우 탓만 하는군요? 원인 제공자가 누군데요?

광호　원인 제공자가 누구든, 지 놈이 결단력만 있어봐?

선영　내가 말했죠. 꿀단지가 있는데 올라가지 않는 쥐 봤냐고요!

광호　그래도, 지 놈이 결단력만 있어봐! 결단력만!

선영　색소폰만 없으면 현우도 색소폰을 불지 않을 거라고요!

광호　그것은, 지 놈이 자제력이 없어서야! 자제력이!

영수　(견디다 못하고 부르짖듯이) 그만들 해라! 그만들……!

광호, 선영, 제압당한 듯 감정을 억누른다. 영수, 고통스럽게 몸을 가늘게 떨고 있다. 긴 침묵.

영수 (자인하듯) 그래…… 내가 알고 있었다. (사이) 난, 너희들이 모르기를 바라고 바랐다. 그래서 내가 텔레비전 전원 코드 선을 뽑았다…… 어찌, 내가 텔레비전에 나가지 말라고 말리지 않았겠느냐. 너희들이 알게 되면 결국 그 화살이 나한테 온다는 것을 아는 내가…… 그런데도 강력하게 막지 못했다. 방송국에서 이미 난 출연 결정이라 취소할 수 없다고 하더라. 그리고 학교 친구들에게 방송국에 출연한다고 다 말해 버렸다고 하더라. 너희들에게도 말하려고도 했었다만, 말하면 너희들은 분명 텔레비전에 출연을 못하게 막을 것 아니냐…… 그렇게 되면, 현우의 마음에 상처를 입을 것 같아 너희들에게 말하지 않았다. 학교 친구들에게 나 텔레비전에 나간다고 자랑자랑해 버렸다는데, 만약에 텔레비전에 못 나가게 되면 친구들에게 웃음거리가 될 게 아니겠느냐…… 난, 내 손자가 친구들에게 허풍쟁이라고 비웃음거리가 된다는 것은 그건, 정말 싫었다.

사이.

선영 좋아요! 아버님께서 손잘 그토록 아끼신담, 이제라도 색소폰을 버리세요. 아버님의 건강을 위하고 손자를 위해서, 그리고 저희들의 체면을 생각해서라도…… 아버님도 아시잖아요? 이날 이때까지 지금까지 그 색소폰 하나 땜에 저희들이 얼마나 많은 고통을 받고 있는 것을요!
정말이지, 이젠 더 이상 고통 받고 싶잖아요!

영수   ……

선영   결정을 내려 주세요. 이젠 더 이상 색소폰을 집안에 두
고선 살 순 없어요. 불안해서도 못 살겠어요. 마치 집안
에 흉측한 물건을 두고 사는 기분이라고요! 대답을 해주
세요? 색소폰을 버리시겠다고요!

영수   ……

선영   좋아요. 아버님께서 결정을 못 내리시겠다면, 제가 결정
을 내리겠어요. 제가 버리겠어요. 제가요! (하고는 휙 안으로
들어가 버린다. 순덕이도 울적해서 따라 들어간다)

영수   (숨이 막힌 듯 잠시 가슴을 움켜쥐며 괴로워한다)

광호   ……. (멍하니 서 있을 뿐)

긴 침묵.

광호   (이윽고 영수 곁으로 가 넌지시) 아버지…….

영수   ……

광호   아버지, 현우 엄마 말대로 하세요.

영수   ……

광호   집안이 조용할 날이 있어야 살죠.

영수   ……. (휘청거리며 문 쪽으로 걷는다)

광호   어딜 가시려고요?

영수   바, 바람 좀 쐬고 오마. (문을 열고 밖으로 나간다)

광호   (밖으로 나가는 영수의 뒷모습을 애처롭게 바라본다)

긴 사이.

광호   (안을 향해 소리친다) 여보, 결혼식 늦겠어? 어서 가자고!

선영   (안에서 소리만) 안 갈래요!

광호   당신 친척 결혼식인데 안 가?

선영   (역시 소리만) 안 가요!

광호   그럼, 나도 안 갈 테야!

선영   (역시 소리만) 맘대로 해요!

광호   (화를 내며) 젠장! 맘대로 해! 맘대로!

서서히 암전.

제8장. 한 시간쯤 뒤

거실. 광호, 소파에 앉아 있다. 광호의 윗옷이 아무렇게 소파 위에 던져져 있다.

탁자 위에 놓인 양주를 연거푸 따라 마신다.

광호　　우라질! (하며 주먹으로 탁자를 사정없이 친다)

선영, 안에서 나온다. 손에는 색소폰을 들었다.

광호　　(순간, 선영을 보자 놀란다) 여보……?

선영　　(대꾸도 않고 문 쪽으로 간다)

광호　　(급히 가서 선영의 앞을 막으며) 여보!

선영　　(말없이 광호를 쏘아본다)

광호　　당신, 지금 어디 가는 거야?

선영　　보면 몰라요? 비키세요?

광호　　색, 색소폰을 버리려고?

선영　　화근은 내 손으로 없앨 거예요.

광호　　그건 안 돼!

선영　　그럼, 화근 덩어리를 언제까지나 안고 살잔 말인가요?

광호　　버려도 아버지가 버리도록 해야 돼.

선영　　그러면 오냐 그러 마, 하고 잘도 버리시겠네요?

광호	그래도 일엔 순리가 있는 법이야.
선영	(나가며) 듣고 싶지 않아요. 비키세요!
광호	(막으며) 그만 진정하래도!
선영	비키세요. 내 귀엔 아무 소리도 들리지 않아요.
광호	우리 맘대로 버릴 수 있는 물건이 아니잖아?
선영	난 내 아들이 더 중요해요. 비켜요! (다시 나가려고 하자)
광호	(다시 막으며) 안 돼, 진정해. 이리 줘. (색소폰을 빼앗으려 한다)
선영	(더욱 움켜쥐며) 이 손, 놓지 못해요?
광호	순리적으로 해결하자고 순리적으로?
선영	(발악하듯) 이것, 놓으래도요! 놔요!
광호	그만 진정하래도! 진정해!
선영	그럼 좋아요. 우리 이혼해요!
광호	뭐, 이, 이혼을 해……?
선영	그래요, 이혼해요. 난 이대론 못 살아요.
광호	당신 지금, 그게 말이라고 하는 거야?
선영	이혼하기 싫으면 이 손 놓으세요.
광호	당신 지금 제 정신이야?
선영	그래요, 나 미쳤어요!
광호	뭐, 뭐라고……?
선영	알았으면 이것 놓으세요. (그래도 광호가 색소폰을 놓지 않자) 정말, 못 놔요? 정말 이혼하고 싶어요? 그러냐고요?
광호	여보, 그만 진정해! 내가 설득해 볼게!
선영	(버럭) 정말 이혼하길 원해요! 이혼을!

광호	정말 당신, 진정으로 하는 소리야?
선영	그래요. 난 현우와 살고 당신은 아버님과 함께 사세요.
광호	말이면 다 말인 줄 알아?
선영	어떻게 하시겠어요? 둘 중에 하나를 선택하세요? 날 택하든지, 색소폰을 택하든지. 날 택하려면 이 색소폰을 놔요.
광호	(어안이 벙벙해서) 뭐, 뭐라고……?
선영	흥! 나와 이혼하면 당신은 당장 지방으로 쫓겨날 걸요.
광호	당신이 그렇게 무서운 여자였어?
선영	알았음, 이 손을 놔요. 놔요! 놔! (색소폰을 잡아채듯 빼앗는다)
광호	(다시 잡으며) 제발 이러지 마! 제발……!
선영	(큰소리로) 진정, 색소폰을 택할 건가요? 색소폰을!
광호	(애원하듯) 여보, 진정하래도 진정해……!
선영	내 손으로 없애야 마음이 놓인다고요! 내 손으로! (색소폰을 낚아채듯 빼앗아 나간다)
광호	(쫓으며) 여보……!

선영, 문을 쾅 닫고 나간다. 광호, 순간 넋 나간 사람마냥 멍해진다. 잠시 후, 서서히 얼굴이 일그러진다. 화가 치민다. 주먹을 불끈 쥔다.

마침내 괴성과 같은 소리를 지른다. 한 동안 얼굴을 감싸 쥐며 괴로워한다.

얼마 후, 정신을 가다듬는다. 걷는다. 힘없이 소파에 몸을 던지듯

앉는다. 다시 술을 따라 단숨에 마신다.

광호   (괴로워 주먹으로 탁자를 치며) 우라질! 우라질!

얼마 후.

문이 열린다. 영수, 힘없이 들어온다. 광호, 아랑곳없이 술을 따라
마신다.
영수, 광호를 잠시 물끄러미 바라본다.

영수   대낮부터 웬 술이냐?
광호   …….
영수   결혼식엔 안 갔냐?
광호   네에, 안 갔어요.
영수   또 싸웠냐?
광호   …….
영수   과음하지 마라.
광호   …….
영수   (안으로 들어간다)
광호   (또 술을 따라 마신다)

긴 사이.

영수 (안에서 다급한 소리만) 아범아! 아범아!

광호 (아랑곳없이 술을 따라 마신다)

사이.

영수, 얼굴이 하얗게 변해져서 나온다.

영수 (나오며) 아범아, 색, 색소폰 어디다 뒀냐?

광호 (말없이 잔에 술을 따른다)

영수 색, 색소폰 어디다 뒀어? 내 색소폰?

광호 (괴로워하며) 그만 잊어버리세요. 제발, 그만!

영수 잊, 잊어버리라니……?

광호 (취기어린 어조로) 제가 버렸어요. 제가요…….

영수 (어안이 벙벙해서) 뭐, 뭐?…… 네, 네가 색, 색소폰을 버, 버렸다고……?

광호 네에, 제가 고물장수한테 줘 버렸어요. 고물장수한테요.

영수 뭐, 고, 고물장수한테 줘, 줘 버렸다고……?

광호 (짜증 섞인 어투로) 아버지, 제발, 그만 잊어버리세요! 제발, 그만!

영수 (버럭) 이놈아! 그 색소폰이 잊어버릴 수 있는 물건인 줄 아느냐? 그 색소폰이……! (숨이 막힌 듯 가슴을 움켜쥔다)

광호 그래도, 억지로라도, 잊어버리세요! 억지로라도…… 제가 버렸어요!

영수 (고통 속에서) 이놈아, 억지라도 잊어버릴 수 없는 물건이

따로 있는 것이다!

광호   (큰소리로) 그래도 억지로 잊어버리세요! 제발!

영수   니놈이, 진정, 그 색소폰이 이 애비한테 무엇인지 모른단 말이냐?

광호   알아요! 알아!

영수   알면서 버려?

광호   아무리 아버지께서 평생을 지녔든 물건이라고 해도 그렇게 애착을 가질 필요는 없잖아요! 모든 사람들이 싫어하는 것을!

영수   이놈아! 그 색소폰 안엔 이 애비의 인생이 들어 있어! 이 애비가 한 평생 살아온 인생이, 니놈이 애비의 인생을 헌 신짝처럼 내동댕이쳐 버려?!

광호   아버지, 도대체 왜 그러세요? 아버지의 손때 묻은 물건이라 해서, 그것이 아버지의 인생일 순 없다고요!

영수   이놈아, 네놈이 이 애비의 인생을 알기나 해! 이 애비가 살아온 인생을! 네놈에게만 인생이 있는 줄 아느냐? 이 늙은 애비에게도 인생이 있어! 비록 보잘 것 없고 하찮은 한 인생이지만 이 애비에게도 인생이!

광호   (괴로워하며) 어쨌든 잊어버리세요! 잊어버려요, 제발!

영수   (부들부들 떨며) 잔말 말고 어서 가자? 어서!

광호   어딜 가요?

영수   색소폰 찾으러! 색소폰!

광호   이미 가버린 고물장술 어디서 찾아요.

영수   그래도 멀리는 못 갔을 것 아니냐?

광호   가버렸어요, 벌써요

영수   (초조해서) 그래도 가 보자니까! 가봐! 어서 일어 나!

광호   글쎄, 어디로 가버린 고물장술 어디서 찾는다고 가요?

영수   (광호의 팔을 끌어당기며) 가자! 세상을 다 뒤져서라도 꼭 찾
        아야 한다! 세상을 다 뒤져서라도…….

광호   (뿌리치며) 제발, 그만 진정하시고 잊어버리세요, 제발!

영수   어서 앞장서라! 어서! 어서 앞장을 서!

광호   (괴로움 속에서) 벌써 떠나버렸다고요, 벌써!

영수   (울먹이며) 이놈아, 이 애비의 심정을 그리도 몰라주겠느
        냐? 응?

광호   (울먹이며) 아버지, 제발 그만 잊어버리세요.

영수   (울먹이며) 잊어버릴 수 없는 것을 어찌 잊으란 게냐?

광호   그래도 잊어버리세요, 억지로라도…… 제발요……!

영수   (안절부절 못하며) 아니다. 찾아야 한다. 세상을 다 뒤져서라
        도 찾아야 해…… (하고는 마치 실신한 사람마냥 허겁지겁 문 쪽
        으로 나간다)

광호   (괴로워하며) 제발, 아버지……!

영수, 문 쪽으로 나가자, 선영, 문을 열고 들어온다.
선영, 빈손으로 들어온다. 두 사람, 문 앞에서 만난다.

영수   어, 어멈아, 색, 색소폰 어딨냐?

선영   (대꾸도 않고 안으로 들어간다)

영수   (따라 들어오며) 내 색소폰, 내 색소폰, 어딨어?

광호   (얼른) 제가 말씀 드렸잖아요. 제가 고물장수한테 줘버렸
다고요!

선영   (광호를 쳐다본다)

영수   그런 거냐? 고물장수한테 줘버린 거냐?

선영   (태연하게) 그래요. 고물장수한테 줘버렸어요.

영수   어디로 갔느냐?

선영   누가요?

영수   고물장수!

선영   그걸 어떻게 알겠어요, 이미 떠나버린 사람을.

영수   (허탈해서) 잘했다…… 잘했다……. (허겁지겁 문 쪽으로 간다)

영수, 문을 열고 나가려고 할 때 현우가 꽃다발을 안고 들어온다.
현우의 어깨엔 큼직한 가방을 들쳐 맸다.

현우   (들어오며) 할아버지, 어디 가세요?

영수   색, 색소폰 찾으려…….

현우   색소폰 찾으려요?

영수   네 아빠가 고물장수한테 줘버렸단다.

현우   아, 아빠가요? (얼른 영수를 붙잡으며) 그러시면 나가지 마
세요.

영수   ……?

현우 색소폰은 제가 가지고 갔어요.

영수 (번쩍) 네, 네가……?

현우 네, 안으로 들어가세요. (영수를 끌고 안으로 간다)

광호, 선영, 의아해서 서로 쳐다본다.

현우 (가방에서 케이스가 없는 색소폰을 꺼낸다) 이거 맞죠, 할아버지?

영수 (색소폰을 받아들고 기뻐하며) 그래…… 그래……. (눈물을 글썽거린다)

선영 (어안이 벙벙해서) 아니, 그럼…….

광호 (어안이 벙벙해서 선영을 쳐다본다)

현우 제가 아침에 할아버지 몰래 가지고 갔어요. 할아버지께서 화장실에 가신 틈에. 케이스 안에 책을 넣어놓고 제가 방송국에 가지고 간다고 쪽지도 써 놓았는데 못 보셨어요?

영수, 너무 감격해서 눈물을 글썽이며 색소폰을 어루만진다.

선영 (쏘아붙이듯) 너, 지금 어디 갔다 온 거야?

현우 (당당하게) 방송국예요.

선영 뭐, 방송국에?

선영 너, 방송국에서 색소폰 분 거야?

현우 네. 이렇게 꽃다발도 받았는걸요.

영수, 색소폰을 안고 안으로 들어간다.

선영 홍! 이놈이, 이젠 아주 당당하구나!

현우 전, 오늘부로 색소폰과 인연을 끊기로 했어요.

선영 그 말을 이 엄마, 아빠보고 믿으란 게야?

현우 할아버지와 약속을 했죠. 이번 방송출연만 끝나면 색소
폰과 영원히 이별하기로.

선영 (비아냥거리듯) 허! 천지개벽할 소리군!

현우 두고 보세요. 일구이언은 아닐 테니깐.

선영 오호, 그래?

현우 (광호에게 비아냥거리듯) 아버지께서 색소폰을 버리셨어요?

광호 …….

선영 넌 상관할 일 아니야.

현우 잘하셨네요. 할아버지 물건을 맘대로 버리시고.

광호 …….

선영 내가 버렸어.

현우 어머니께서요?

선영 그래.

현우 그럼, 두 분께서 공모를 하신 거구요?

선영 (쏘아붙이며) 너, 무슨 말버릇이 그 따위야?

현우 진정, 엄마 아빠는 모르세요? 그 색소폰이 할아버지한테
무엇이란 것을? (비아냥거리듯) 물론, 알 리가 없겠죠. 엄마
아빠, 할아버지한테 밥 주고 옷 주고 돈 몇 푼 주면 그만

이라고 생각하실 테니깐. 그런 엄마 아빠께서 어찌 할아버지의 외로움을 아실 리 있겠어요. 엄마 아빠께선 왜 할아버지께서 틈만 있으시면, 색소폰을 어루만지고 계시는지, 왜 색소폰을 부시는지, 왜 밤마다 색소폰을 껴안고 주무시는지 아세요? 물론 알 리가 없겠죠. 그 색소폰 안엔 할아버지와 돌아가신 할머니가 들어 있다고 하셨어요. 그리고 할아버지께서 지금까지 살아오신 인생이 들어 있다고 했고요. 할아버지께선 색소폰을 보고 있노라면, 할아버지께서 살아온 인생이 주마등처럼 보인다고 하셨어요. 돌아가신 할머니도 보이고요. 그래, 할머니와 만나 함께 얘기도 하시고 노래도 부르신다고 하셨다고요. 그런데, 엄마, 아빠께선 그런 색소폰을 버려요?

선영　(쏘아붙이듯) 니놈이 끼고 사니 그렇지!

현우　믿어보세요. 색소폰과 영원히 이별했으니.

선영　또 작심삼일일 걸 엄마 아빠보고 믿으라고!

현우　모르세요? 믿음이 없으면 희망이 없다는 걸.

선영　뭐, 뭐라고?

영수, 케이스가 없는 색소폰을 품안에 안고 나온다. 그리고 한 손엔 조그마한 가방을 들었다. 모두 의아해서 영수를 바라본다.

현우　(의아해서) 할아버지, 어디 가시려고요?

영수　(애써 웃음을 보이며) 응, 어디 좀 갔다 오마.

광호	몸도 편찮으신데 어딜 가시려고요?
영수	곧 갔다 오마.
선영	나가시려면 색소폰은 놓고 가셔야죠.
영수	(퉁명스럽게) 여기 놔두면 너희들이 또 버릴 것 아니냐?

광호, 선영, 말문을 찾지 못한다.

현우	할아버지, 꼭 가셔야 돼요?
영수	그래, 꼭 갈 데가 있다.
현우	꼭 금방 오실 거죠?
영수	(애써 웃으며) 그래, 금방 오마…….
현우	꼭 금방 오셔야 해요, 할아버지?
영수	그래. 알지? 할아버지와 한 약속?
현우	정신일도 하사불성!
영수	그래. 명심해야 돼.
현우	명심할게요.
영수	그래, 됐다. 그럼, 나, 갔다 오마. (문 쪽으로 간다)
현우	(나가는 영수를 향해) 할아버지 꼭 금방 오셔야 돼요?
영수	(돌아보지도 않고) 오냐. (하고는 문을 열고 밖으로 나간다)

세 사람, 멍해진다. 야릇한 예감에 사로잡힌다.

서서히 암전.

제9장. 종묘공원

황혼 무렵. 역시 여기저기서 떠드는 소리들. 노랫소리, 악기소리가 저 멀리서 들려오며 무대 서서히 밝아진다. 철민, 벤치에 앉아 술을 마시고 있다. 그 옆에 광호가 침통하게 서 있다.

철민 집 나간 지가 삼 일이나 됐다고……?

광호 네, 금방 갔다 오마 하시고 나가셨는데…….

철민 자네 어머니 산소엔 가 봤는가?

광호 네. 묘지 관리인에게도 물어봤습니다만…….

철민 그랬더니?

광호 워낙 드나드는 사람이 많아서…….

철민 왔는지 안 왔는지 모르겠다.

광호 네에.

철민 ……. (침통해서 다시 술을 따라 단숨에 마신다)

광호 어디, 가실만한 곳 없을까요?

철민 허어, 삼 일 동안 행방불명이라니…….

광호 …….

철민 자네 아버지가 자기 목숨보다 더 아끼는 물건이 그 색소폰일세.

광호 …….

철민 자네 아버진 자기가 색소폰을 불고 있노라면 어느 땐 뺨에 눈물을 적시기도 하고, 어느 땐 보름달마냥 환한 얼굴로 마치 미친 사람마냥 연실 싱글벙글 웃곤 한다네. 자네 아버지의 얼굴에 웃음꽃이 필 땐 자네 어머니를 만나 나팔 불고 노래를 부르는 때라네.

광호　……

철민　어쨌든, 다행이네. 비록 케이스는 못 찾았지만 알맹이는 찾았다니. 그만, 가보게. 여기 오면 알려줌세.

광호　어르신, 부탁합니다. 그럼. (허리 숙여 인사를 하고 나간다)

철민, 또 술을 따라 마신다. 여자, 핸드카를 밀고 들어온다.

여자　(여전히 입에 마이크를 대고) 공원에 계신 노인장 여러분! 노래를 부릅시다! 인생은 어차피 허무한 것. 한번 왔다가 한번 가는 것! 노래를 불러 외로움을 날려 버리십시오! (노래를 부른다) 인생은 나그네 길/ 어디서 왔다가 어디로 가는가/ 구름이 흘러가듯/ 떠돌다 가는 길에/ (노래를 부르며 들어오는 반대쪽으로 나간다)

철민　(그냥 침통해서 혼자 말처럼) 못 쓸 사람! 어디 가면 간다고 내게 귀띔이라도 했어야지! (다시 술을 따라 마신다)

영수, 여자가 나간 반대쪽에서 들어온다. 한 손으론 케이스 없는 색소폰을 가슴에 안고 있다. 영수, 술을 마시고 있는 철민을 잠시 바라보다가 빙그레 웃는다.

이윽고 철민이 곁으로 걸어가 침통해 있는 철민의 어깨를 툭 친다.

그 바람에 깜짝 놀란 철민, 어안이 벙벙해서 영수를 바라본다.

영수   이 사람, 청승맞게 혼자서 술타령인가?

철민   (반갑다. 어안이 벙벙해서) 이, 이 사람아…….

영수   (벤치에 앉으며) 나도 한잔 주게.

철민   이 사람아, 어딜 갔었는가?

영수   (술잔에 술을 따르며) 응, 그냥 여기저기…….

철민   이 사람아, 어디 가면 간다고 내게 귀띔을 했어야지!

영수   미안하게 됐네. (술을 마신다)

철민   이 사람아, 난, 저승사자한테 잡혀 간지 알았네.

영수   (웃으며) 이 사람아, 내가 저승사자와 사촌간인지 모르는가?

철민   (웃으며) 이 사람, 큰 소린…… 아무튼 반갑네. 반가워.

영수   (웃으며) 그렇게 반가운가?

철민   암! 저승에서 돌아온 친구를 만난 듯 반갑네!

영수   (웃으며) 그래?

철민   그래, 도대체 어딜 갔었나?

영수   그냥 여기저기 갔었다고 했지 않던가?

철민   이 사람아, 방금 전에 자네 아들이 왔다갔네.

영수   여길?

철민   그래, 자네 아들한테서 자초지종 얘길 들었네만…….

영수　　그 얘긴 하지 말게. 나, 산동네에다 쪽방을 하나 얻어 났네.

철민　　쪽, 쪽방을?

영수　　응. 자네와 함께 살려고.

철민　　나와 함께?

영수　　왜 싫은가?

철민　　그럼, 영, 집에 안 들어갈 참인가?

영수　　왜 안 들어가. 가끔 내 손자 놈 보러 가야지.

철민　　이 사람아, 괜히 사서 고생하지 말게…….

영수　　맘만 편하면 지옥도 낙원이라네.

철민　　(만류하듯) 허, 이 사람…….

여자　　(노래를 부르며 들어온다) 인생은 나그네 길/ 어디서 왔다가/ 어디로 가는가…….

영수　　(손짓하며 부른다) 여보게, 노래방!

여자　　(반가워하며) 아니, 색소폰 영감님!

영수　　(웃으며) 많이 벌었는가?

여자　　네. 내일 걱정은 안할 만큼 벌었어요.

영수　　(웃으며) 잘 됐구먼.

여자　　그런데, 왜 통 안 나오셨어요?

영수　　그냥, 여기저기 갔다 왔네.

철민　　(농담조로) 젠장! 색소폰만 보면 노래방 얼굴이 보름달이라니깐!

여자	(철민에게 웃으며) 어머, 또 질투하시나 봐…….
철민	그럼 질투나지 안 나게 생겼어?
여자	모르세요? 고랑이 있어야 물이 흐른다는 것?
철민	뭐, 고랑이 있어야 물이 흘러……?
여자	마음의 고랑이 있어야 정이 흐른다고요.
철민	그럼, 내겐 그 고랑이 없다는 게야?
영수	(웃으며) 그만하게. 이러단 싸우겠네!

세 사람, 우스운 듯 웃는다.

영수	여보게, 노래방? 우리 생음악으로 한판 놀아볼까?
여자	생음악으로요? 그것 좋지요!
영수	그래! 우리 신명나게 한판 놀아보세!
철민	좋고말고! 푸짐하게 한판 벌려보자고!
영수	(여인에게) 어서 마이크도 설치하고 사람들도 모으게.
여자	좋습니다! 오랜만에 색소폰과 아코디언이 어울린 생음악이라! (하고는 핸드카에서 마이크를 꺼내 앰프에 마이크를 설치하며) 그럽시다! 푸짐하게 한판 놀아보자고요!

영수, 철민, 색소폰과 아코디언을 꺼내 음정을 조율한다. 여자는 핸드카에서 받침대 두 개를 꺼내 세우고 마이크를 단다. 그리고 받침대 높낮이를 조절한다.

여자 다 됐습니다! 시작할까요?

영수 우리도 준비 완료!

철민 자, 짖어대 봐!

여자 (마이크를 들고 관객을 향해) 공원에 계신 노인장 여러분! 여기는 이동식 노래방입니다. 오늘은 특별히 생음악 연주로 여러분을 모시겠습니다. 언제 들어도 감미로운 색소폰 연주와 아코디언 연주로 여러분을 모시겠습니다. 어서어서 이쪽으로 오십시오! 여러분께서 잃어버린 추억을 되찾아드리겠습니다. 인생은 추억을 먹고 산다고들 합니다. 더구나 인생의 뒤안길을 걸어가시고 계신 여러 노인장들께서, 옛 추억들이 어찌 그립지 않겠습니까? 추억을 찾아드리겠습니다. 어서어서 이쪽으로 오십시오! 그런 의미에서 제가 먼저 노래 한 곡을 불러드리겠습니다. 제목은 '얼굴' 여러분의 마음속에는 누구나 그리고 싶은 얼굴이 하나쯤은 있을 겁니다. 그 얼굴을 그려보시면서 제 노래를 들어주시면 감사하겠습니다. 자, 그럼.

영수, 철민에게 연주하라는 신호를 보낸다. 두 사람, 멋진 폼을 잡으며 색소폰과 아코디언 연주를 한다. 그 연주 소리가 앰프를 통해 흘러 나간다.

여자 (멋진 폼으로 노래를 부른다) 동그라미 그리려다/ 무심코 그린 얼굴/ 내 마음 따라 피어난/ 하얀 그때 꿈을/ 풀잎

연 이슬처럼/ 빛나는 눈/ 동그랗게, 동그랗게 맴돌다 가는 얼굴/

여자 박수! (노래가 끝나고 박수를 치자, 여기저기서 박수소리가 들린다) 자, 이번에는 생음악으로 아주 감미로운 멜로디 한 곡을 보내드리겠습니다. 이 곡은, 여기 색소폰 연주를 하시고 계신 영감님께서 즐겨 부르신 곡입니다. 이 공원에 오신 분이라면 이 영감님의 색소폰 연주로 이 곡을 듣지 않으신 분은 아마 없을 겁니다. 색소폰 영감님께선 이 공원에 나오시면 이 곡을 부르시지 않은 적이 없었으니까요. 사실, 이 곡은 이 영감님의 부인께서 즐겨 부르셨다고 합니다. 불행하게도 그 부인께선 이 세상 분이 아닙니다만, 왕년에는 무대에서 노래를 부르던 가수였다고 들었습니다. 그래서 이 영감님께선 이 곡을 부르시면 저 세상에 계신 부인께서 천사처럼 나타나 색소폰 연주에 어울려 함께 노래를 부르시곤 한답니다. 자, 그럼! 생음악으로 '매기의 추억'을 보내드리겠습니다! 박수! 박수! (여기저기서 들려오는 박수소리)

영수, 철민, '매기의 추억'을 연주한다. 영수, 어느새 환상에 젖은 듯 연주를 한다. 어느새 무대 한쪽에 금희가 바람처럼 나타나 연주에 맞춰 멋진 폼으로 노래를 부른다. 금희가 노래를 부르는 모습은 영수에게만 보인다. 영수의 얼굴에는 점점 희색이 만연해 진다. 영수와 금희, 서로의 얼굴을 바라보며 살며시 웃음꽃이 핀다. 영수와 금희, 서로 점점 신명이 나서 색소폰을 불고 노래를 부른다. 이윽고 노래가 절정에 다다를 무렵, 영수, 갑자기 색소폰 불기를 멈춘다. 숨이 막힌 듯 가슴을 움켜쥔다. 고통스러워한다. 고통을 참아내려고 애를 쓰는 영수, 서서히 주저앉고 만다. 주위 사람들, 놀란다.

금희   (뛰어와 영수를 붙들며) 여보!

철민   (붙들며 흔든다) 여보게, 왜 그런가?

여자   (역시 붙들며) 영감님!

영수   (금희에게) 내, 내, 색, 색소폰…….

금희   (색소폰을 영수의 손에 쥐어준다) 여기 있어요.

영수   (색소폰을 가슴에 꼭 껴안고, 다른 손으론 금희의 손을 꼭 잡고, 마침내 고개를 떨어뜨린다)

철민   (울먹이며) 여보게! 여보게!

여자   (역시 울먹이며) 색소폰 영감님! 색소폰 영감님!

철민, 여자, 애절하게 부르짖다가, 마침내 흐느낀다.
금희는 조용히 영수의 얼굴을 어루만진다.
서서히 암전.

제10장. 어느 길

어둠 속에서 흰빛이 이쪽에서 저쪽으로 길게 뻗어 있다. 이승에서 저승으로 가는 길인지도 모른다. 뽀얀 안개 속에 한 줄기의 빛이 길을 만든다. 신비감을 준다. 영수와 금희, 다정하게 서로 허리를 껴안고 그 길을 걷는다. 영수. 한 손으로는 케이스도 없는 색소폰을 가슴에 꼭 껴안고 걷는다.

금희   당신, 이 색소폰을 거기까지 가지고 가실 거예요?

영수   그럼 버리고 가자고?

금희   내가 버리고 가자면 당신이 버릴 사람이에요?

영수   당신은 이 색소폰이 내겐 무엇보다 소중하다는 걸 몰라?

금희   알아요. 이 색소폰 안엔 당신의 삶이, 당신의 인생이 들어 있다는 걸.

영수   알면서도 웬 헛소릴 하는 거야.

금희   그래도 당신은 인생을 성실하게 살아온 사람이에요.

영수   아니야. 내 모든 삶이 아쉽고 후회뿐인걸.

금희   세상에서 후회 없는 인생이 어딨겠어요.

영수   내가 다시 태어난다면, 좀 더 후회 없는 인생을 살고 싶어.

금희   그럽시다. 우리가 다시 태어난다면…….

두 사람, 무대를 두어 바퀴를 느린 걸음으로 걷는다. 그러는 동안 저 멀리서 색소폰 소리와 노랫소리가 감미롭게 들려온다. '매기의 추억'이다. 이윽고, 두 사람, 어둠 속으로 사라진다. 텅 빈 무대에 노랫소리만 공간을 메운다.

서서히 암전.

한국 희곡 명작선 56

색소폰과 아코디언

초판 1쇄 인쇄일   2021년 1월 10일
초판 1쇄 발행일   2021년 1월 20일

지 은 이   윤한수
만 든 이   이정옥
만 든 곳   평민사
           서울시 은평구 수색로 340 〈202호〉
           전화 : 02) 375-8571
           팩스 : 02) 375-8573
           http://blog.naver.com/pyung1976
           이메일   pyung1976@naver.com
등록번호   25100-2015-000102호
ISBN   978-89-7115-754-1   03800
           978-89-7115-663-6   (set)
정   가   8,000원